世界盡頭的[illegible]騎士

燈火之港[illegible]像

IV

柳野カナタ

【畫】輪くすさが

A crowd of Torchyin...

——播種荒野者，吾視為善。
——編繩窯土者，吾視為善。
——維護和睦者，吾視為善。
——祈人幸福者，吾視為善。
——願天下眾人之生活皆獲得吾之守護與慈愛。
——願天下眾人之生活皆獲得吾之讚美與疼惜。

『制裁與雷電之神沃魯特的祝福』

1：聖騎士與回憶

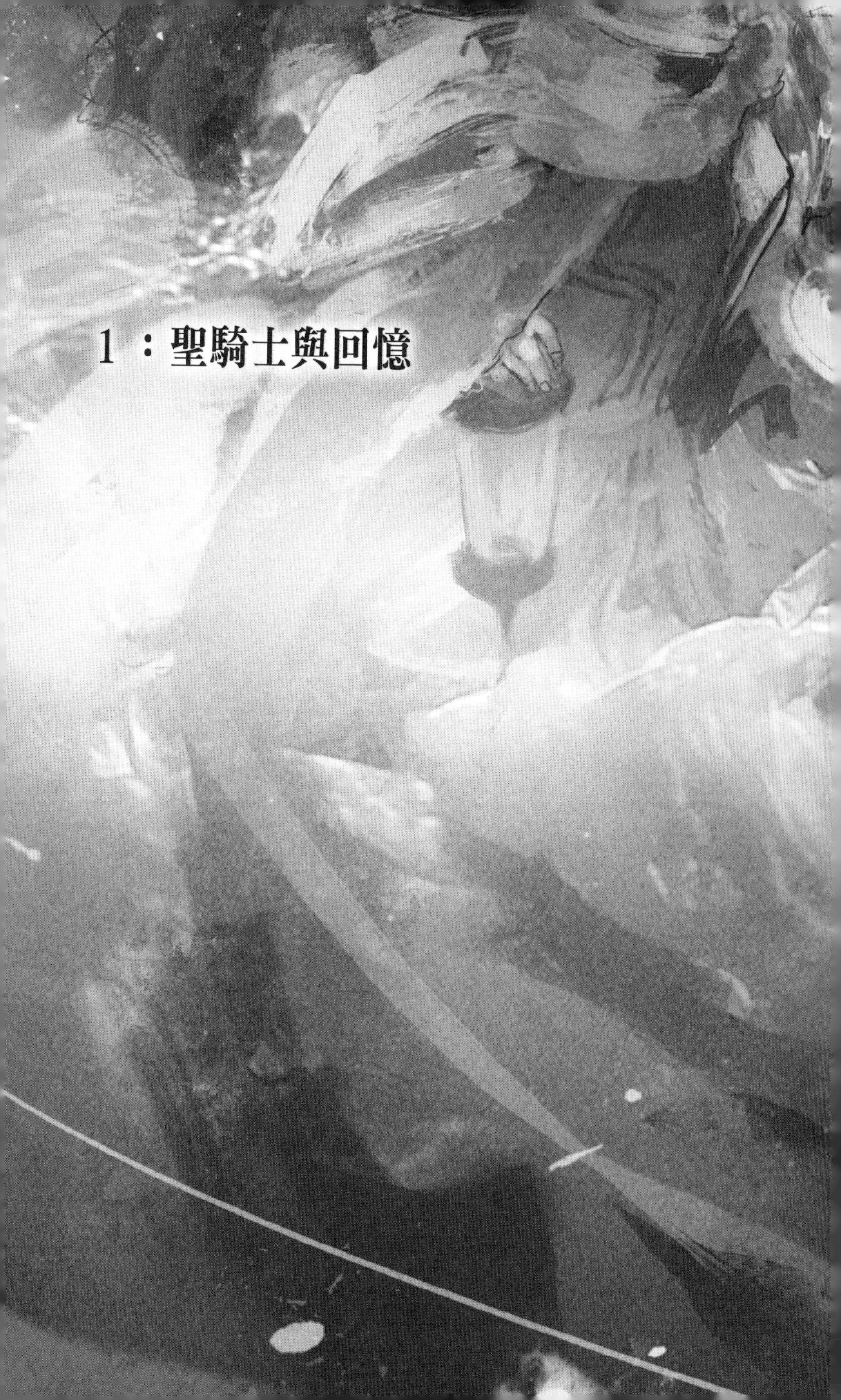

寒氣漸消，新草嫩芽在轉眼間便伸長的春季夜晚。

燈籠綻放的光芒照亮整間辦公室。

在燈籠中發光的不是搖曳的火焰，而是刻有《光（lumen）》之文字的純白貝殼。

在那樣的光芒中，我解開麻繩，將原本綑綁起來的紙捲攤開到桌上。

這並不是像我前世用過的那樣潔白耀眼、輕薄到用指尖就能翻動、觸感又滑順的紙張。

要說是白紙顏色也一點都不漂亮，呈現混雜有枯葉色彩的淡黃色。

紙質又厚又硬，讓人不禁會想起前世的圖畫紙。

裁切邊緣都是細毛。

觸感也很粗糙。

……實在是品質很差的紙。

或許以這個時代的水準來看勉強算是及格了，但講得再好聽應該也很難說它是「好紙」吧。

我面露微笑，將那紙張翻動、彎曲、拿起來對著燈籠透光。

接著就像在確認質感似的，不斷輕撫表面。

「只不過是一綑紙就讓你那麼愉悅啊，威爾。」

我忽然感受到有人在笑。

隔著桌子的另一側，坐在來賓用的椅子上原本用小刀削著蘆葦莖的一名男子不知從何時開始看著我。

是我的摯友，梅尼爾多。

他全身靠在椅背上往後仰，歪著脖子斜斜望向我。

銀色的長頭髮順著重力沿肩膀滑落，膚色白皙的額頭與後頸，以及半精靈特有的尖銳耳朵因此露了出來。

看著我的眼睛呈現清澈的翡翠色，嘴角笑得微微上揚。

「……我表現得那麼明顯嗎？」

見到他那樣像是抓到機會可以捉弄我似的表情，讓我忍不住如此詢問。

「屠龍的聖騎士(Paladin)大人竟然一臉笑咪咪地像是在摸女人的身體一樣撫摸紙張，任誰看了都知道你很愉悅吧。」

對方表現出一副『難道你都沒有注意到嗎？』的態度。

「我有露出那樣的表情嗎！」

「就是那樣啦。」

看來我這個人真的很好懂的樣子。

「那是黃昏時那群工匠來進獻的東西嗎？」

「嗯。聽說是試製品中品質最好的紙。」

「他們看起來很開心啊。」

「……嗯。」

無論是人類、矮人、精靈還是半身人。

從踏入森林中找來材料的冒險者們，到實際造紙的工匠們，凡是在這紙張的製作過程中有過關係的每個人，看起來都非常開心。

他們此刻想必都聚在工廠勾肩搭背喝酒慶祝吧。

我又再度疼愛似地輕撫紙面。

——這是在《燈火河港(Torch Port)》第一次造出來的紙張。

「這是這座城鎮的未來啊。」

◆

虛歲十七的晚秋。

我與邪龍瓦拉希爾卡交戰並擊敗了牠。

那是即便得到眾神與英靈們的庇佑，得到夥伴們的協助，我也必須擠盡自己的全力才勉強獲勝的一場決戰。

如果要我再來一次，肯定沒辦法得到同樣的結果吧。

然而就在擊敗邪龍之後，等待著我的並不是「從那之後，聖騎士便過著幸福快樂的日子」那樣可喜可賀的結局。

——畢竟這可不是什麼童話故事。就算達成了什麼豐功偉業，現實的平日生活還是會延續下去。

吸收了龍之因子的身體。

喪失的愛用武器與護具。

畏怯邪龍的人民。

因邪龍的咆哮而發狂、行動活化的魔獸們。

新認識的森林巨人（Forest giant）部落。

從前《花之國（Lhoth dhol）》的人民們居住的孤立聚落。

在《鐵鏽山脈（Rust Mountains）》被毀滅的惡魔軍團留下的殘黨。

向《白帆之都（White Sails）》報告事態並商討今後的合作內容——

達成屠龍的偉業，結束慶祝宴會之後，我便立刻為了這些事情到處奔波。

《南邊境大陸（South mark）》幾乎不會下雪的這段秋冬，我真的過得非常忙碌。不過現在感覺總算是穩定下來了。

增加歲數的冬至也已經過去。

不知不覺間，我虛歲十八了。

「那張紙就是這座城鎮的未來，是嗎……有那麼誇張？」

「一點也不誇張。如果光只是砍伐木材送到《白帆之都》(White Sails)販賣，等附近一帶的森林都被砍完的時候產業就會衰退了。現在雖然有得到龍的財寶，但如果拿來使用總有一天也會用光，而且要是隨便發放出去也會造成混亂。所以應該要腳踏實地，多元化經營產業才行啊。」

「呃，這道理我也明白啦……可是《獸之森林》(Beast Woods)這麼大一片，暫時應該都不會有問題。而且你又有那麼多事情要忙，真虧你還有餘力去搞這些東西。」

「就是因為暫時不會有什麼問題，才更應該擠出時間思考現在能做的事情，然後向自己以外的人說明可能獲得的利益，說服對方動手啊。」

只要掌握現況，觀察變化的傾向，便能大致上預測未來。

例如像森林資源的演進發展就是這樣。

無論前世還是今生的世界，只要一座城鎮發展到相當的規模，其周圍的森林邊界就會漸漸後退。

巨大的樹木會被做成各式各樣的材料，小樹或細枝則是被當成燃料。從城鎮近處的樹林開始漸漸被砍伐殆盡，化為平地。

成為平地的場所接著便會被開墾為農田，藉由提供食材使得城鎮更加發達，森林更加後退——這樣的演進過程即使在這個世界也依然不變。

然後通常當遇上問題的時候才去思考對策都太慢了。

因此應該要把眼光放遠到十年之後，預先做好準備。

像現在除了造紙以外，我也有投資創立皮革加工、陶藝、織物、染布等等各式各樣的工坊，但這樣就足夠了嗎？

當我們總有一天開拓到我的故鄉死者之街，或是更深處的古代都市，這座《燈火河港（Torch Port）》又會扮演什麼樣的角色呢？

就在我如此想像著《燈火河港（Torch Port）》與《獸之森林（Beast Woods）》周邊地區的將來時……

「……你的思考方式有時候很像精靈啊。」

梅尼爾把手上的小刀與蘆薈莖——也就是弓箭的材料——放下來，前後相反地坐到椅子上，將雙手靠在椅背上對我這樣苦笑了一下。

——據他的說法，我會把時光的河流看得較長遠的部分很像精靈的樣子。

「是嗎？我反而覺得梅尼爾明明有精靈血統，卻好像都只顧眼前的事情吧？」

「這點我不否認。但我不是也說過了嗎？『今日的鮮花今日摘，因為明日就會死了』。」

那是據說活躍於《大聯邦時代（Union age）》黃金時期的一名詩人說過的話。

梅尼爾接著聳聳肩膀——

「……既然明天搞不好就會死，與其要展望十年之後，我寧願讓今天過得更充實。」

他呢喃似地說出口的這句話莫名乾澀，刺激我的心。

明天搞不好就會死。

這句話讓我回想起來。

——以前將弓箭對著我，差點就要淪落為山賊強盜的梅尼爾那對冰冷的眼神。

——遭到惡魔毀滅，化為廢墟的村莊。

——梅尼爾在恩人老婆婆的幽靈面前痛哭流涕的模樣。

「居住在這塊邊境地區的人們，多半的想法都跟我一樣啊。」

「說得也是。」

畢竟這裡就是這樣的世界，這樣的場所。

無論死亡或絕望，都會毫無預警地忽然來襲。

多半的人都無從反抗，周圍的人也因為沒有餘裕，所以就算見到他人遭逢不幸，也鮮少有人能夠伸出援手。

——雖然這幾年來稍微有改善，但是在這方面還是沒有改變。而不管是我還是梅尼爾都既不是萬能也不是無敵的。

曾有過無法拯救的人，有過沒能阻止的淚水，也有過難以挽回的喪失。

幾個月前的冬季，我在與瓦拉希爾卡的戰鬥中也曾險些喪命，在後續處理中也曾陷入好幾次危機，有一次甚至受到重傷，生命垂危。

就算擊敗過可怕的巨龍，就算得到了龍的力量，又有誰能保證我不會死得凡庸？

在這塊南方的邊境之地，誰也無法預料自己十年之後是否還活著。

「……或許就是因為這樣，燈火之神才會選上你吧。」

梅尼爾這時忽然嘴角一揚，有點開玩笑似地說道：

「畢竟在明天搞不好就會喪命的最前線，你卻能講出『為了十年後的未來播下種子吧』這種話啊。」

在燈籠照耀下，梅尼爾看著我的眼神中帶有某種柔和的感覺。

那是面對朋友時不拘泥不客氣的親愛表現。

「——謝謝你，梅尼爾。」

我回應他的眼神與口氣，想必也帶有同樣柔和的感覺吧。

「但是我經常會把眼光放得太過長遠……要不是有梅尼爾幫我注意近處，注意小細節，並且與我對等相處，我想我肯定早就在什麼環節踢到鐵板了。」

所以我真的很感謝你喔。聽到我這樣表示，梅尼爾露出苦笑。

「別這樣啦，講得太誇張了……不過在這段秋冬，你的確也有過幾次很危險的場面。」

「像是《無敵巨人》那次，真的超危險的……」
「還有你跟雷斯托夫拿出真本事互砍那次。」
「……………」
梅尼爾半眯著眼睛看向我。
「在這樣繁忙的時期，居然把優秀的戰士送入墳場，你也真的是……」
「……………」
雖然當時的狀況下我也是逼不得已，但關於這點我實在無從反駁。
「還有你跟碧兩個人闖到奇怪的地方那次。」
「那、那裡並不是什麼很危險的地方喔……」
誰曉得？梅尼爾如此吐槽我並嘆了一口氣。
「──另外還有你戀愛的那件事，到現在還是讓我冷汗直流啊。」
聽到他這麼說，我不禁「嗚」地呻吟一聲。
關於那件事……嗯，是留下了很多讓人後悔和擔憂的部分啦。
「……我相信梅尼爾絕對會幫忙我的！」
我為了含糊帶過，裝模作樣地如此爽朗說道。結果……
「你──休──想！不要把我拖下水！」
梅尼爾卻打從心底感到討厭似地這麼大叫。

「咦～我們不是好朋友嗎！」

「感情再好也有不可逾越的界線啊！」

像這樣互開玩笑後，我們兩人都哈哈大笑起來。

「話說，要講到危險梅尼爾還不是——」

或大或小。

這個冬季中，我們經歷了許許多多的冒險。

在初春的夜晚，小歇片刻的這段時間。

——我們伴隨著笑聲，就這樣聊起了回憶。

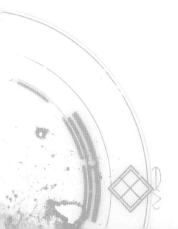

2：聖騎士與求婚的故事

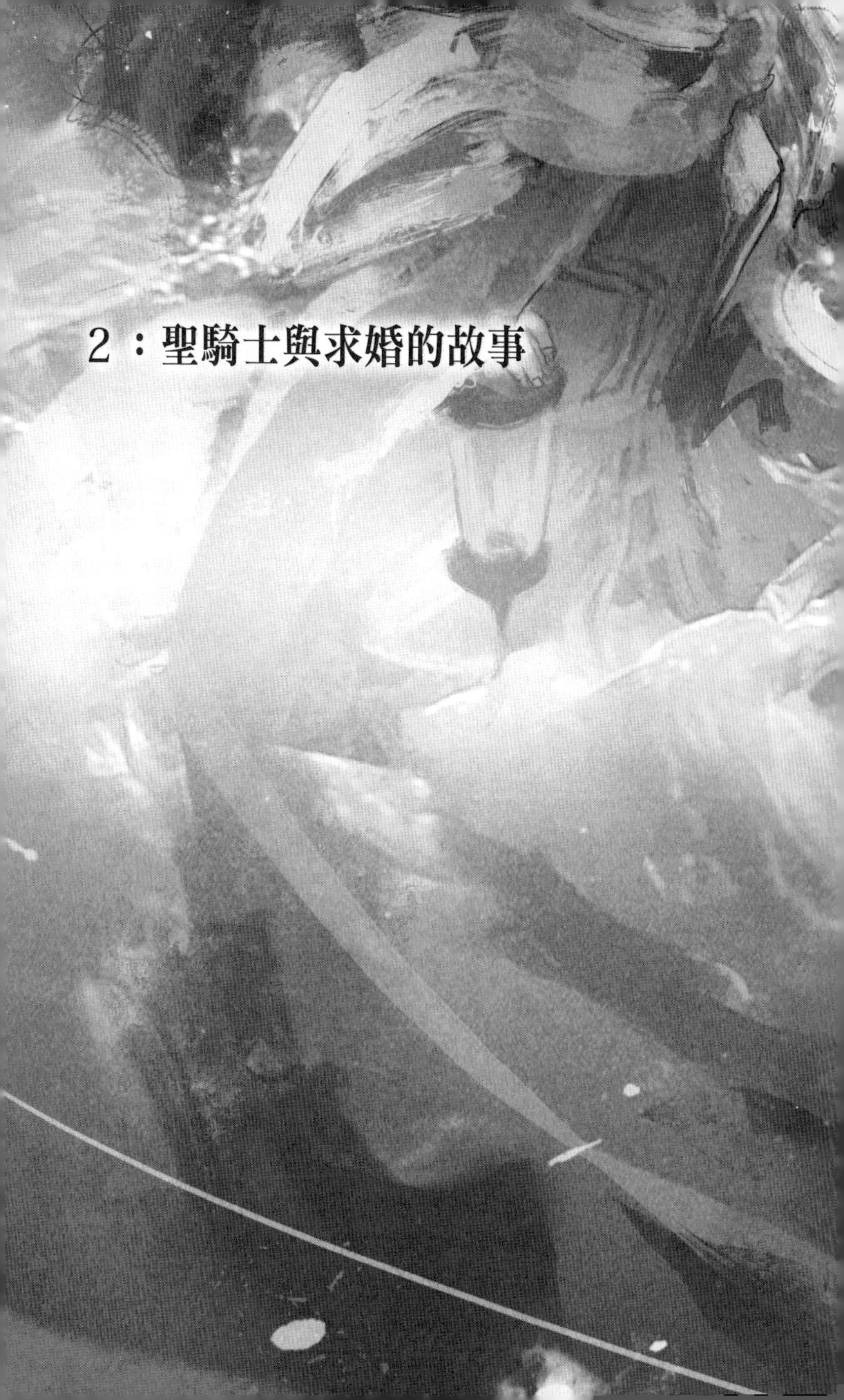

看到那把『槍』，梅尼爾皺起眉頭，碧興奮得雙眼閃閃發亮，祿則是露出一臉滿意的表情。

——冬季的某一天下午。

在《燈火河港》(Torch Port)的領主館，暖爐內的木柴爆出燃燒聲響的大廳中……

大家見到放在大桌子上的那把『槍』，各自表現出不同的反應。

「…………真的沒問題嗎？這可是別人家代代相傳下來的寶劍啊。」

梅尼爾說著，擺出忍耐頭痛似的動作。

這把槍的槍頭長度莫名地長，綻放出耀眼的黃金光彩。

沒錯，就是耀眼的金黃色。

正是當初擊敗邪龍瓦拉希爾卡的矮人族歷代至寶。

相傳為火神布雷茲所鍛造的靈劍——《黎明呼喚者》(Call Dawn)。

「而你居然輕易就把它改造成槍！」

「啊哈哈……」

「我知道你愛用的《朧月》(Pale Moon)被折斷很傷腦筋！也知道現成的槍之中找不到適合你的東西！但是正常人會做出這種事嗎！」

「呃，畢竟是要在實戰中使用的東西嘛。」

「祿，這樣你可以接受嗎！」

「畢竟是要在實戰中使用的東西……」

「這對師徒都一個樣啊！」

雖然因為再誇張也沒有做到把劍身磨短的程度，所以正確來講這與其說是槍，還比較接近薙刀的感覺就是了。

我是透過祿拜託矮人族的工匠們，改變了劍的構造。

——因為邪龍瓦拉希爾卡差點醒來的餘波導致魔獸引起的騷動頻傳，惡魔們的猖獗行為也變得激烈，所以準備一把讓我可以使用的主要武器可說是當務之急。

「哎呀，雖然這玩意的確做得不錯啦……」

正如梅尼爾所說，這把薙刀的做得相當好。

排除無用的裝飾，重視實用性的造型很符合矮人族的風格。

從鋒利的槍尖到握柄尾端都呈現一直線，不帶絲毫歪斜。

黃金色的劍身不知道究竟是用什麼金屬鍛造而成的，綻放出教人著迷的豔麗光彩——雖然我本來就沒有要嘗試研磨的打算，但搞不好就算想要研磨它，靠這個時代的工具也沒辦法把這劍身切割磨短吧。

另外為了補強黃金色的劍刃與握柄的接合處，上面鑲了幾個深褐色的圓環。以黏性很強的合金製成的那些圓環上還刻有像是《接續(connexio)》和《綑束(Ligare)》等等的《記號》。

從圓環處往下延伸出來的，是帶有淡黃色的白色握柄。以橡木材之中白色特別強烈的白橡木製成的這根握柄上，刻有以前《朧月（Pale Moon）》上也有的、能夠使物體伸縮的《記號》。

雖然因為槍頭稍微比較重，讓手感上有點變化，不過使用起來應該跟《朧月（Pale Moon）》不會差很多才對。

「好棒，這個好棒呢！光是能親眼看到傳聞中的那把《黎明呼喚者（Call Dawn）》就已經讓人很開心了，而且現在還是手握金刃白炳薙刀的聖騎士！哇哈～！描述起來肯定很優美——！」

身為吟遊詩人的碧則是表現得無比雀躍。

她興奮地交握雙手，用閃閃發亮的眼睛盯著薙刀。

「百合般純白的槍柄，閃耀如朝陽的黃金利刃——♪」

從各種角度觀察的同時，甚至即興唱出一段詩歌。

隨著那樣的動作，她那一頭紅色的捲髮也搖來擺去，看起來非常有趣。

「啊！要不要配合這把薙刀訂做一套白色金屬的鎧甲？純白與黃金裝扮的年輕聖騎士，絕對可以讓女孩子們興奮尖叫的！」

「碧，碧，鎧甲不是穿來吸引異性用的東西啊。而且金屬製的鎧甲，顏色又是白色，不論維護還是保管都會很麻煩……雖然就『顯眼』這點來講還不壞就是了。」

見到碧興奮主張的樣子，我不禁苦笑如此回答。

「……唉呦，你不討厭自己顯眼嗎？」

「在必要的時候啦。像是如果敵人很多的狀況下。」

「可以讓敵人的攻擊集中到自己身上？」

「沒錯沒錯。」

我記得上輩子有讀過一段劇情，描寫某位漫畫英雄遭人開槍射擊時，故意沒有躲開子彈。那是為了避免流彈或跳彈造成別人傷亡，所以用自己最堅硬的鋼鐵身體擋下子彈。

雖然我並沒有說自己也是那種超人的意思，不過吸引敵人的攻擊心也是身為前衛戰士的分內工作。

「還有主張自己在場，以鼓舞自己人，並打擊敵方士氣？」

「雖然要看對手是誰，但確實也有那樣的效果。」

不論前世還是今生的世界，很多武器防具用的色彩很顯眼，形狀也做得很引人注目。

像是畫有教人毛骨悚然的眼睛瞪向對手的盾牌，模仿腹肌的形狀讓人看起來很強壯的鎧甲，裝有巨大裝飾的頭盔，或是畫得很誇張的戰鬥妝等等。

——我還小的時候布拉德也有說過，所謂的『戰鬥』基本上是生物之間進行的行為。

就好像動物讓自己的體毛豎起，或者搶到較高的位置讓自己看起來很大很強，這類『嚇唬對方』或是『讓自己看起來強大』的動作是相當重要的。

「而且看起來帥氣也能讓人產生信心，鼓舞氣勢啊。」

雖然傲慢自大有時候會導致過度的自信，不過在些許的膽怯或猶豫就可能決定生死的戰場上，虛張聲勢或誘導誤會也能拿來當成武器。因此外觀打扮其實也不能太小看。

「在那樣的意義上，這把用《黎明呼喚者（Call Dawn）》改造的薙刀感覺就很棒。非常帥氣。」

「既然威爾大人如此滿意，相信負責改造的大家也會很開心的。」

光是想到能夠將這把薙刀當成自己的武器，能夠拿來自由揮甩，就讓我感到莫名興奮了。

「我下次會再找機會親自去向矮人族的大家致謝。」

畢竟他們可是接受了我相當亂來的請求，將自己族內代代相傳下來的靈劍改造成實戰樣式。

對於居住在這座《燈火河港（Torch Port）》的矮人街、以阿格納爾先生為首的各位矮人們，我除了感謝還是感謝。

「然後——」

不過，我拜託他們改造這把武器其實還有另一個用意。

「原本裝在劍上的零件就按照之前講好的，請祿負責保管吧。」

「我明白了。」

這把《黎明呼喚者》是《黑鐵之國》最後的君王奧魯梵格爾的靈魂交付給我的東西，原本應該跟那頂從甲蟲惡魔斯卡拉貝爾斯手中搶回來的王冠一樣，是《黑鐵之國》矮人們的王權象徵，是加冕寶具之一。就算它是非常強大的武器，是對我來說非常必要的東西，如果將整把劍都借來使用還是多少會造成問題。

而且約定的歸還條件是當我過世的時候，所以我也沒辦法監督這把武器有確實被歸還。萬一我是死在什麼人跡未至的場所，這把劍搞不好還會變得下落不明。

因此我希望至少可以將劍柄和護手等等——同樣也是靈劍的一部分，是由火神打造出來的神聖物品——拆開來交給祿保管。

雖然我表面上的理由是「因為為了實戰改造成薙刀了，所以不需要的劍柄和護手交給你來保管」就是了。

——不過祿也有確實察覺出我真正的用意。

「感謝您的用心。」

經歷過與邪龍之間的大戰後，現在祿直挺地站在我面前露出微笑的模樣，已經堪稱是一名優秀的戰士了。

即使在實力上仍有不足的部分，但那也是要靠時間慢慢培育。

現在的他為了復興故國，正召集同胞們四處奔波，進行各種準備工作。

總有一天，祿——溫道祿夫肯定能夠開拓通往《黑鐵山脈》的道路，復興那座地底王國吧。

我如今能夠這麼深信著。

……就在這時，從大廳出入口傳來了客氣的敲門聲。

「請進。」

「打擾了。」

我回應之後，打開門走進來的人物是安娜小姐。

亞麻色的秀髮編成較鬆散的麻花辮，一臉正經的模樣與身上的神官服裝非常相配。

她是我為了管理《燈火河港》(Torch Port)而向《白帆之都》(White Sails)的巴格利神殿長借來幫忙經營城鎮的神官們之中，負責統合大家的人物。

和巴格利神殿長同樣是雷神沃魯特神官的她，也會使用相當程度的祝禱術，不過更加重要的是她非常能幹。不但工作起來很有效率，熟悉祭祀或典禮等等宗教方面的知識，而且也知道包含沒有明文規定的習慣法在內的各種法律。

來自農村關於土地、水利或繼承等等的紛爭。

在河港發生的拖延支付、價格變更、生產延遲、數量差異或品質不良等等商業方面的爭執。

又或是像偷竊、打劫、詐欺、恐嚇、毀損物品等等的犯罪行為。

對於這類的問題，她都能在沃魯特神的名義之下，根據成文法或習慣法做出適切的判決。

——「能夠做出公正的裁決」就跟「能夠在實質上庇護」一樣，對於各村鎮來說是很重要的事情。

我之所以能夠稱得上是《魔獸森林》一帶大小村鎮的領主，其實也有有很大部分要歸功於安娜小姐。

然而——

「安娜小姐？……請問有什麼事嗎？」

那樣的她現在卻看起來相當垂頭喪氣。

表情中帶有憂慮。

視線低沉看著地板。

臉色感覺好像也不太好的樣子。

「呃，我有件事情希望能夠跟各位商量一下。」

「好的，請說——大家也不介意吧？」

畢竟是讓安娜小姐這般優秀的人都露出這種表情，肯定是有什麼大問題吧。

我如此想著，在自己心中做好準備。

無論對方提出多麼嚴重的問題，我都不能表現出動搖的態度，必須從容不迫地應對才行。

就在我這麼下定決心的時候──

「我總覺得雷斯托夫先生最近很冷漠呀──」

「咦？」

聽到這樣出乎預料的商量內容，我還是當場動搖了。

◆

安娜小姐與雷斯托夫先生的感情很好。

這件事情本身我當然也知道。

──身為嚴謹神官的同時也是能幹官吏的安娜小姐，以及擁有《貫穿者》稱號的優秀冒險者雷斯托夫先生。

雖然立場不同，但他們兩人都是《燈火河港》（Torch Port）的重要人物。

安娜小姐站在統合神官們的立場，會接受來自各村落的訴訟或陳情，因此能掌握各村落的最新事件或情報。

雷斯托夫先生則是身為在河港中實力首屈一指的冒險者，會根據安娜小姐的情報前往各地討伐魔獸，同時也會將各村落的事件或情報帶回河港。

在定期巡視各村落，審理累積下來的問題兼治療村民的巡迴裁決時，安娜小姐的護衛經常也是由雷斯托夫先生負責。

這除了可以在巡迴路上保護安娜小姐之外，負責審理問題的神官身邊如果有個能夠靠武力威嚇的人物，村民們明知不可為也想硬凹看看的行為就會減少，使事情處理起來比較順利。

基於以上的理由，這兩個人之間其實意外地有很多接點。

而且在那群多半個性粗魯又隨便的冒險者之中，安娜小姐面對有點與眾不同的雷斯托夫先生似乎比較好講話的樣子。

而對於寡言的雷斯托夫先生來說，個性正經又不會對沉默感到難受的安娜小姐似乎也是比較好相處的對象。

雖然碧老是在說「那兩人絕對很可疑！有男女曖昧的氣味！」之類的主張，不過我倒是很悠哉地覺得「那兩人是感情很好的朋友啊」而已。

至於真相究竟是如何呢？

「呃不，我並不是在講什麼男女感情的問題。」

大家圍坐在桌子邊……

「最近雷斯托夫先生好像在煩惱什麼事情的樣子。我跟他講話的時候，他也表現得比以前更加寡言，經常陷入沉思。

即使不知道他煩惱的內容，我也希望能多少幫上一點忙，所以就試著照顧他一些小事情。可是……我也不曉得是做錯了什麼，他卻會對我露出很難受的表情……啊，不，這並不是在講什麼男女感情的問題。絕對不是。」

安娜小姐一邊喝著茶一邊向大家提出來的煩惱內容，聽起來就是這樣的感覺。

「後來總覺得我們見到面的時候，他都會把視線別開。在工作上交談的時候，他的口氣也很平淡冷漠。

最近甚至感覺他好像在迴避我的樣子……請問我該不會是對雷斯托夫先生做了什麼很沒禮貌的事情吧？雖然他什麼也沒說過，但我只要想到自己該不會是被他討厭了，就會覺得非常不安……啊，不，我並不是在講什麼男女感情的問題喔？」

嗯。

這個——

「不管怎麼想都是男女感情的問題呀！」

……碧講的完全沒有錯。

「呃、不！怎麼會……」

被如此當著面吐槽後，安娜小姐頓時滿臉通紅地把雙手放臉頰上。

「什麼嘛～這不是挺好的？話說妳是喜歡上他什麼地方呀～？」

「雷斯托夫那傢伙也很有一手嘛。」

碧與梅尼爾接著便有點興致勃勃地開始對安娜小姐追問起來。

而安娜小姐即使嘴上說著「不是的，並不是那樣」也還是一點一滴地道出了她心中的想法。

說到她剛開始還覺得雷斯托夫先生是很可怕的人。

說到她後來察覺對方其實個性很體貼。

說到雷斯托夫先生出去釣魚卻什麼也沒釣到的時候，會摘鮮花裝在魚籃中，回來講說是要獻給神明而送給安娜小姐的事情。

說到雷斯托夫先生會記得安娜小姐喜歡吃的東西。

說到對方不經意對她露出的笑容看起來很溫柔。

說到她真的很高興雷斯托夫先生能夠從討伐邪龍的任務平安歸來。

——雖然沒有明確的契機，不過兩人之間的感情逐漸變得親密的過程。

這些內容聽起來都讓人感到溫馨，可是……

「…………」

「…………」

我忍不住默默與祿相望。

祿的臉上露出一副「請問該怎麼做才好？」的表情，而我臉上想必也寫著同樣的疑問吧。

……老實講，在男女感情方面最幫不上忙的應該就是我了。光是在第一時間湧上腦子的是這種解決問題型的思考方式，而非與對方產生同感的想法，就已經代表我完全不行啊。

這輩子身為威爾的人生中要說到稍微比較有異性感情成分的經歷，頂多就是被不死神告白那次。不尋常也該有個限度吧。

想要在感情話題上講些符合期待的應答，對我來說實在太難了。

話雖如此，但……

「呃……那個，我、我這樣講並不是在說喜不喜歡什麼的，不過我覺得雷斯托夫先生讓人感覺很可靠……而且又很紳士……」

安娜小姐會這樣說，我也不是不能理解。

雷斯托夫先生雖然相貌儀表有些粗魯而缺少風雅，但絕不會讓人覺得低俗。舉止中也莫名有種氣質的感覺。

劍術本領自然不用說，是超一流的等級。

即使平常沉默寡言又有點冷漠，可是有話該講的時候還是會講，又很有肚量。

「他雖然經常露出好像不太高興的表情，但其實是個很溫柔的人。」

「是啊。他是個既溫柔又可靠的人。」

在這點上我完全同意。

我也覺得雷斯托夫先生是個很有男人味的好人。

所謂的「英雄好漢」想必就是形容像他那樣的人物吧。

就在這時，和碧與梅尼爾交談中的安娜小姐忽然把頭轉向我。

「呃、領主大人——不，威爾先生。」

「是。」

她改變了對我的稱呼方式。

這代表她並不是在對治理《燈火河港(Torch Port)》的《世界盡頭的聖騎士》講話。

而是想要對身為雷斯托夫先生與安娜小姐共通友人的威廉進行個人性的交談。

「或許這一切只是我想得太多，是我的誤會。也或許單純只是我做了什麼讓對方不開心的事情而已。不過如果雷斯托夫先生是真的抱有什麼很深刻的煩惱……還請您務必給他幫助。」

安娜小姐用筆直的視線望著我。既不是說「想要跟對方和好」也不是「想要知道被對方迴避的理由」等等，而是真摯地道出她掛慮雷斯托夫先生的發言。

因此——

「好的，我明白了。我絕對會那麼做。」

我也用筆直的視線回應她並如此點頭。

……男女感情的事情對我來說很難。

更不用說是別人的感情問題，我根本不覺得自己插手能夠解決什麼事情。

然而這是朋友對我的拜託。我不能因為「很難」、「不知道」、「做不到」就迴避問題。

「我會盡自己的全力，試著得出對兩位都好的結果。」

「威爾先生……非常感謝你。」

「所以兩位舉辦婚禮時請務必邀請我喔！」

「這、這不是在講男女感情的事情呀！」

◆

如此這般，我變得比平常更加注意雷斯托夫先生的舉止之後，知道了一件事。

……他的確有點奇怪。

「喝——！」

「《奔跑(currere)》《油(oleum)》！」

在石頭搭建的大廳中，雷斯托夫先生犀利的一劍劈砍一群下等惡魔的同時，我靠魔法在地板的一部分灑滿油脂(grease)，妨礙敵人的增援入侵。

就在對手因滿地的油脂而滑倒，或是不敢貿然踏入室內而呆站在出入口時，雷斯托夫先生又再度揮劍。以前請古斯刻上《記號》使得攻擊範圍超過實際劍身長度的那一擊，甚至連停下腳步的惡魔都能輕易劈砍到。

……這裡是我們以前和奇美拉交手過的那座峽谷中的荒廢修道院遺跡。

因為我們接到周圍村落傳來通報，說此處又再度成為了惡魔們的巢穴，所以正好有時間的我和雷斯托夫先生便前來討伐。

修道院的內部又是和以前一樣呈現相當褻瀆的狀況。

透過採光窗照入室內、過去想必會讓人感到莊嚴神聖的光芒中，現在照出的卻是一群有如畸形人偶的《士兵級(Soldier)》惡魔的影子。

「喝啊——！」

然而那群惡魔們接二連三地被貫穿了要害。

沾染汙漬的外套隨著主人的動作激烈擺盪。

穿有皮甲的壯碩身軀靠著巧妙的腳步移動發揮出驚人的敏捷動作，不斷搶到對自己有利的位置。

雖然古斯的魔法加工確實很厲害，不過就算不考慮這點，雷斯托夫先生的劍技也依舊很犀利——不，甚至比以前更加犀利了。

他想必是仔細研究過自己那把施加了魔法效果的愛劍，而且又進一步努力鍛鍊過吧。

在看見敵人的同時便砍出利劍攻擊的模樣與其說是劍客，更讓我聯想到上輩子在西部劇中看過的神槍手拔槍速射。

「■■■■——！」

隨著一陣混濁的叫聲，好幾隻惡魔施放出祝禱術。

漆黑而畸形的爪痕頓時撕開虛空飛來。

我立刻做出判斷。那是次元神迪亞利谷瑪賜予的初級庇佑所施展的詛咒——反轉治療咒文《傷口撕裂（open wounds）》。

為了應付那招萬一被擊中就會當場皮開肉綻的祝禱術，我簡短禱告祈求奇蹟。

緊接著便出現一道發光的牆壁。《神聖盾牌（sacred shield）》擋下黑色爪痕，使之消散。

雷斯托夫先生就像是要連同消散的惡神祝禱一併劈開似的，再度揮砍利劍。

又一群《士兵級（Soldier）》的惡魔被橫掃了。

雷斯托夫先生的動作絲毫未停。

隨著流暢的腳步移動，劍尖宛如跳舞般躍動，將企圖從柱子後方飛來的有翅惡魔們喉頭撕裂。

就好像熟練的裁縫師毫不猶豫地穿針引線般，魔法利劍輕易將蜂擁而至的惡魔們一一貫穿。

當然，我也不是只有在後方用魔法或祝禱術支援而已。我時而揮砍薙刀，時而用魔法輔助，使戰況變得對我們有利。

「■■■■■——！」

……從通道又湧來一群惡魔。

應該是從我們這場襲擊造成的混亂之中最早重新振作起來的一群吧。

他們一穿出通道便架起劍與盾牌，排出隊形謹慎逼近而來。那樣的情境我有印象——

「是盾牆！交給你了！」

「是！」

我配合大喊的同時往一旁跳開的雷斯托夫先生，握著經過改造的《黎明呼喚者（Call Dawn）》衝鋒陷陣。

「■■■■■■——！」

見到我高舉薙刀衝來，惡魔們紛紛大叫並架起盾牌——

「呀啊啊啊啊啊啊啊！」

我則是靠蠻力把惡魔們連同盾牌一起橫掃。

從左往右，一股勁揮出《黎明呼喚者》。

強烈的手感頓時傳來。腳踏的地面發出軋響。

隨著握柄柔韌彎曲的觸感，我把薙刀用力揮到底後，便聽到又是金屬又是木材又是膚肉又是骨頭一併被砍斷的混雜怪聲。

從右側的牆壁接著傳來各種物體砸在上面的聲響，但我毫不理會地繼續往前踏出腳步，又再度從左往右揮出薙刀。

又是金屬又是木材又是膚肉又是骨頭一併被砍斷的混雜怪聲再次發出。

左側的牆壁也傳來各種物體砸在上面的聲響。

「好！」

就在惡魔們勉強排出的隊形被搞得亂七八糟的時候，雷斯托夫先生衝入其中，進一步擴大傷害。

當然我也跟著衝了進去，與雷斯托夫先生背對背互相掩護並揮舞薙刀橫掃惡魔們。

雖然這感覺很像是蠻族一樣「智略？那是啥？」的戰鬥方式，不過既然我方在基礎實力上已經凌駕對手，就根本不需要去想什麼多餘的策略。

——只要有經過徹底鍛鍊的肌肉所發揮的暴力，面對大致上的問題都有辦法解決。

一如布拉德的教誨，基礎實力較強的一方與其要耍什麼小花招，還不如打正面痛毆對手比較好。

而我們實際上就是這麼做的。

雷斯托夫先生靠他的劍技貫穿對手，然後我再靠蠻力擴大傷勢。彷彿用銼刀消磨派餅一樣，成群的惡魔陸陸續續化為粉塵。

……雷斯托夫先生的劍術非常精湛。

無論步法或劍技都沒有破綻，判斷也果敢而積極。戰鬥表現優秀如常。

然而——我還是莫名覺得他有些奇怪。

◆

我沒辦法用言語形容雷斯托夫先生究竟哪裡奇怪。

但我認為這樣並不能構成否定這股異常感的材料。

——畢竟雷斯托夫先生可是劍客中的劍客。

經過千錘百鍊的四肢。

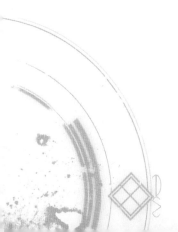

仔細修剪整齊的指甲。

改造得容易拔劍的劍鞘。

無時無刻都維護得很好，每個細節都有在保養的利劍。

為了自己的劍術，他總是能掌握、管理自己的狀況。

說到底，他本來就不可能容許自己有什麼嚴重到讓我能明確指出「這裡很奇怪」的異常。

而那樣的雷斯托夫先生現在的戰鬥表現卻讓我感到『有些不對勁』，這件事本身就很奇怪了。

「……雷斯托夫先生，呃，請問你有發生什麼事嗎？」

將荒廢修道院中的成群惡魔掃蕩結束後。

我們一邊處理殘黨，一邊回收能夠成為討伐證據的粉塵等等東西的同時，我開口如此詢問。

「什麼意思？」

這麼回應我的雷斯托夫先生雖然樣子一如往常，不過他微微皺起的眉間還是沒有逃過我的眼睛。

這輩子我決定要好好過人生。

我不想再重蹈前世的覆轍，迴避與人交流，隔絕外界各式各樣的東西，到最後變得走投無路。

「我總覺得你的舉止不太對勁。」

「…………原來你發現啦。」

「雖然沒有很明確就是了。但畢竟雷斯托夫先生不是那種狀況不佳卻隱瞞同伴的人，所以應該不是身體狀況不良吧？」

「是啊。」

雷斯托夫先生緩緩點頭。

接著就像是在思索詞彙般沉默了一下。

「——我有自覺，我變得有點急躁。」

聽到他這麼說，我點點頭。

確實，該怎麼說呢……跟基本上攻擊都非常直接的我不一樣，雷斯托夫先生的攻擊多少都會有點老奸巨猾的感覺。

即便是單純的硬碰硬，他也會穿插個一兩手就算沒成功也無所謂的小伎倆。而這就是他這個人厲害的地方。

……但是這次他卻都沒有那麼做。

「最近，有點事情讓我很煩惱。」

「——請問我能幫上什麼忙嗎？」

「…………」

雷斯托夫先生沉默一下後——

「……不，沒有。」

他說著，對我搖搖頭。

雖然態度柔和，但卻是很明確的拒絕。

「抱歉。」

「請別在意。」

既然雷斯托夫先生會那樣說，就代表目前真的沒有什麼我能做的事情。

……並不是所有的煩惱事我都有辦法解決。

雷斯托夫先生以一名戰士來講本領高超，人格上也相當成熟。

那樣的他現在選擇不告知我內容，也表示不需要我出手幫忙。

如果這樣我還堅持插手，就真的是太多管閒事了。

「若有什麼我能夠幫忙的事情，請你隨時跟我說。」

現在我能做的，頂多就是告訴對方『我是你的夥伴』。

「雷斯托夫先生是我的戰友。我由衷尊敬你，也希望自己能夠成為你的助力。」

所以說，若有需要時請隨時跟我說一聲。

我如此表示，並凝視對方的眼睛……

「──嗯。」

雷斯托夫先生對我靜靜點頭。

但是他臉上的表情卻帶有一絲陰影。

我心中莫名有一股不好的預感。

……而這個預感在十幾天後便成真了。

◆

「啊……」

那一天，當我見到眼前的情景時，我不禁發出不成聲的聲音，全身僵住。

「不行，不要死呀！不……我不要這樣！雷斯托夫先生！雷斯托夫先生！」

安娜小姐的叫喚聲響徹四周。

濃烈的鮮血氣味。

人們著急的叫喊聲與腳步聲。

我衝進大廳後，便看到現場這片騷動的中心是雷斯托夫先生，躺在鋪有一層稻草的地板上。

他臉色發青，緊咬著牙根忍受疼痛。

急促的呼吸中交雜有沉重的喘氣。

但比起這些更加讓我驚愕的是——

他的右手嚴重腫脹發紫。

要不是因為接在雷斯托夫先生的手臂上，我搞不好根本無法認出那是『人類的手』。

那物體有如皮球一般膨脹，然後從上面凸出來的奇怪凸起物，是手指、嗎？

……真的嗎？

這真的是那個粗獷而帶有幾道傷痕與硬繭的、雷斯托夫先生的手嗎？

這真的是才短短幾天前，與梅尼爾一起動身前往討伐魔獸的、那個——

「威爾！」

熟悉的聲音讓我從僵硬中回過神來。

「梅尼爾！這個、為什麼——」

「是被惡魔咬傷的！《鐵鏽山脈(Rust Mountains)》的殘黨，推測為《將軍級(General)》！」

「《將軍級(General)》……！」

梅尼爾撥開因為騷動聚集而來的人群，來到我面前。

根據他簡單扼要的快速說明，在這次前往討伐魔獸的《大聯邦時代(Union age)》遺跡群中，他們兩人偶然發現了一個惡魔集團，由外表像是長翅昆蟲與人類混合的《將軍級(General)》惡魔率領。面對那規模大到會讓人猶豫是該交戰還是撤退的殘黨集團，據說當時連梅尼爾也感到遲疑了。

就在那時候，雷斯托夫先生提出了幾項根據，主張應該要交戰。

因為還沒有被對方發現。只要抓準時機、循序攻打，就能消滅敵方大將後脫離戰場等等，都是聽起來很有道理的意見。

梅尼爾思索一下後，也同意了雷斯托夫先生。

於是雷斯托夫先生在梅尼爾的射擊與妖精術的支援下衝入敵陣，即使遭到幾波抵抗行動，還是成功刺穿了惡魔大將的喉頭。

可是——

「那個昆蟲混蛋，明明手腳都被砍斷，喉嚨也被貫穿了，居然還能順勢沿著劍逼近到護手，就那樣咬了雷斯托夫的手。」

《將軍級(General)》的惡魔是相當耐打難纏的。

這一點雷斯托夫先生也很清楚。

因此他立刻用腳把那惡魔的身體踹開後，與梅尼爾一起掃蕩殘黨。

然而——

「在確保了四周安全之後，雷斯托夫就說他右手在發燙，而變色和發腫的症狀也是從那時候開始的。」

當時梅尼爾立刻使用了他總是隨身攜帶的幾種藥草，也驅使寄宿於人體中的生命之精，發動妖精師的治療咒語，但效果卻很微弱。

他因此判斷那應該是強力的劇毒咒語。而既然是毒，為了延遲毒性擴散，他就用布條緊緊綁住雷斯托夫先生的手臂，抑制血液流動，並且經由《妖精小路》以最短距離回到了《燈火河港》(Torch Port)。

將雷斯托夫先生抬進領主館，躺到大廳地上之後，因為我很不巧地正前往河港不在家，所以梅尼爾便趕緊拜託人跑來叫我，同時委託很快就找到人的安娜小姐前來治療。

可是——

「治不好呀！明明其他傷口都痊癒了，卻只有右手不行！我全都試過了！不論是《解毒的禱告》(cure poison)、《痊癒的禱告》(cure disease)還是《解咒的禱告》(remove curse)……！」

「——……！」

安娜小姐毫不在意自己秀髮變得凌亂或是身上的衣服被雷斯托夫先生的鮮血沾染，哭著如此向我說明狀況。

這下連我都感到驚訝了。

雖然沒有戰鬥方面的知識，但安娜小姐可是雷神沃魯特授予高等祝禱術的神官。就算遇上強度相當高而棘手的劇毒或詛咒，她也能透過短短幾分鐘的禱告就立刻解除。

可是現在——

「請問祝禱術完全沒有效果嗎？」

「雖然看起來有發揮一點效果，可是症狀很快又會復發。從剛才就一直這樣反覆——」

「而且每次復發時雷斯托夫就會感到劇痛。但如果因為這樣就不治療，他的手會壞死。要是變色部位繼續擴大，會從手臂到肩膀，然後就到頭部和胸口了。很不妙啊。」

「…………」

「一、一定是因為靠我的禱告、根本不夠……所以……！」

「……我明白了。」

我走到躺在地上的雷斯托夫先生旁邊蹲下來，把手伸向他變形的右手。

「咕、嗚……！」

我只是輕輕接觸而已，雷斯托夫先生就發出宛如被烙鐵燒灼似的痛苦呻吟。

即便如此，他也沒有亂動掙扎，只是緊咬著牙根拚命忍耐，讓我不禁對他的忍耐能力感到佩服的同時——

「燈火之神葛雷斯菲爾啊，願強健的靈魂之光照耀一切邪惡傷口、邪惡詛咒、邪惡疾病，驅散它們的陰影。」

我閉上眼睛，詠唱出聖句。

這項祝禱術極為高等，實在沒辦法立刻就發動功效。

我將意識專注到自己與守護神——燈火之神大人之間的聯繫。

想像神明大人從這個物質世界之外的聖座伸出手，經由我連結到雷斯托夫先生。

——一心一意禱告，請務必拯救這個人物。

每當我禱告時，就會有種彷彿體內有什麼東西被吸走似的消耗感。

以我自己為傳導介質，可以感受到某種非常炙熱又耀眼的東西被注入到雷斯托夫先生體內。

在極度專注的狀態中，我似乎聽到周圍的人們驚訝吸氣的聲音。

……《萬物治癒（full recovery）的禱告》。

在對抗各種病毒或詛咒的祝禱術之中，這是屬於最高等的奇蹟。

任何被人帶著邪念下的毒、疾病與詛咒，或者像石化和身體畸形化等等特殊症狀，全部都能驅散。

在神明賜予我的許多奇蹟之中，這是對付劇毒或詛咒最為強大而有效果的祝禱術。

　完全發揮出功效的祝禱術使雷斯托夫先生右手的變色與浮腫開始消退，讓大家不禁鬆了一口氣──

「……！怎麼會……」

然而，那卻只是展現了些微的效果而已。

短短不到幾十秒間，變色與浮腫的現象又開始蔓延。

「嗚、啊……！……〜〜！」

「雷斯托夫先生！雷斯托夫先生！請振作、請振作呀……！」

雷斯托夫先生的身體劇烈痙攣到教人不敢相信的程度。

安娜小姐頓時悲痛叫喚，拚命激勵雷斯托夫先生撐下去。

「喂喂喂！這症狀到底是怎麼回事啦……！」

梅尼爾大概是以為只要靠我禱告應該就能解決問題吧，到剛才還表現得算是冷靜的他，到這時開始動搖起來了。

而我同樣也沒辦法保持冷靜。

這到底是怎麼回事？我拚命地絞盡腦汁思考。

「我是有想到一種可能性，但是……」

──首先浮現我腦海的，是靠我的禱告無法對抗的強大詛咒的可能性。

惡魔們會使用各種與詛咒相關的魔法或者對次元神的禱告。

我確實是有受到燈火之神大人相當程度的庇佑，但如果遇上更為特化於禱告或魔法的《將軍級》(General)惡魔，也是有可能施展凌駕於我之上的法術。

「可是、我總覺得不對。」

如果真是那樣，就太奇怪了。

……藉由祝禱術施展的解毒或解咒，通常只會有『有效』跟『無效』兩種結果。

我從來沒見過祝禱術只發揮出半吊子的效果之後症狀又立刻復發的狀況，也沒聽古斯、瑪利或巴格利神殿長描述過這種事情。

這種對於症狀展現的奇特反應之中，應該藏有什麼提示才對。

現在需要的恐怕是對應劇毒、疾病或詛咒以外的『某種東西』的祝禱術或魔法。

……以前古斯有說過，大多數的魔法或奇蹟是成對的。

有《光》(lumen)的《話語》就會有《暗》(tenebrae)的《話語》。

善良之神的信徒會使用《傷口癒合》(close wounds)的奇蹟，邪惡之神的信徒也會使用相反的《傷口撕裂》(open wounds)的奇蹟。

即便像是《存在抹消的話語》那樣的終極破壞魔法，靠達到極致的再生奇蹟《死者復活的禱告》(resurrection)也是能夠推翻的。

光明存在於黑暗之中，言語存在於沉默之中，生存在於死之中，反之亦然。

雷斯托夫先生這樣不可思議的症狀若非單純因為我力量不足，就應該存在什麼有效的法術才對。

可是我不知道那個法術。

焦急的感覺不斷湧上心頭。

再這樣下去的話，雷斯托夫先生會……

就在這個時候……

「……下來。」

雷斯托夫先生顫抖著失去血色的雙唇，眼神渙散地擠出聲音似乎想說些什麼。

安娜小姐趕緊把耳朵湊到他嘴邊，仔細聆聽——

「把我的手……砍下來！」

接著，她說不出話來了。

◆

這提議實在太過殘酷。

「不可以啊，雷斯托夫先生！」

我不禁反射性地提出反對。

「雖然靠高等的祝禱術確實是連嚴重的四肢缺損也能再生沒錯！但如果到了那種地步就沒辦法完全恢復原狀了！要是右手的感覺變得不一樣——」

日常生活上或許還沒什麼問題吧。

可是那就像別人的手一樣，會有莫名的感覺差異，無法做出精細的動作。

那樣一來……

對雷斯托夫先生來說，就等於是結束他身為劍客的人生。

明明他為了劍術投入了如此多的心力啊。

「那豈是、可以拿性命來、交換的東西……！」

「可是！」

「這是我、戰鬥的結果……！嗚、啊……！我可以接受，砍下來吧！」

「我不要！請你振作點，一定還有方法才對……梅尼爾，去叫其他神官過來！或許他們會知道些什麼！」

「好！」

梅尼爾立刻奔了出去。

這段期間中變色與浮腫的症狀依然持續在擴散，已經蔓延到前臂的一半了。

還有什麼？

還有什麼其他辦法？

我在焦急的同時，不斷試著回想記憶中所有的治療手段。

大概是認為對那樣的我說再多也沒用了吧。

雷斯托夫先生雙眼充血、牙齒軋軋發響，轉頭環視周圍的人——

「——安娜。妳幫我、砍下來。」

說出了這樣一句話。

「什——」

這句出乎預料的發言讓我當場變得腦袋一片空白。

這個人……

這個人、怎麼會講出、這麼殘酷的一句話。

就在我忍不住這麼想的瞬間……

「……我明白了。我會準備短劍，然後塞住你的嘴巴。請你不要咬到舌頭了。」

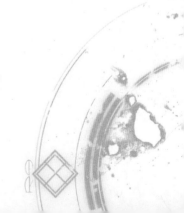

安娜小姐筆直看著雷斯托夫先生的眼睛。

臉色發青。

全身發抖。

但依然與雷斯托夫先生互相凝視，如此說道。

見到這樣一幕，我也總算明白了。

雷斯托夫先生的發言確實是很殘酷的提議。

然而同時也是無比信賴對方的證明。

——甚至到願意將破壞自己的劍、破壞自己右手的任務託付給對方的程度。

安娜小姐也理解這點——並決定付諸實行。

她拔出短劍後，獻上幾段禱告。

雷神沃魯特是手持雷電之劍的男神，身為主神而受到眾多人民信仰，擁有各式各樣的庇佑能力。當中也有能夠使禱告者手中的刀劍變得更加銳利的庇佑，以及使劈砍的對象不至於死亡喪命的庇佑。

因此從現實角度來想，選擇安娜小姐也比拜託其他劍客來得好。

「拜託、妳了。」

就在嘴巴被安娜小姐塞住之前，臉色蒼白的雷斯托夫先生對安娜小姐說出了這樣一句託付對方的話語。

他始終沒有說過一句「對不起」。

而安娜小姐也點點頭——

「請交給我吧。我絕對會、做得很好的……」

即使淚流滿面，也依然擠出笑臉這麼回應。

「各位，請幫我壓住雷斯托夫先生。」

對周圍的人如此發出指示的同時，安娜小姐用自己左膝壓住仰躺在地上的雷斯托夫先生的右肩膀。

一手握住短劍，一手放在握把末端。

那姿勢應該是打算靠自己的體重往下壓，從肘關節處把手臂切斷吧。

雷斯托夫先生睜大眼睛，目不轉睛地盯著那情景。

再過幾秒。

只要再短短幾秒，安娜小姐就會切斷雷斯托夫先生的右手。

將自己愛慕對象的手臂切斷。

那或許是兩人之間羈絆的證明吧。

可是——

……我不願接受這樣的結局！

我緊咬牙根、流著眼淚的同時，拚命攪動腦汁思考。

到底是什麼？

這個症狀到底是什麼？

既不是毒，不是疾病，也不是詛咒。

祝禱術的效果無法完全發揮。

惡魔的咬傷。

長翅昆蟲與人類混合似的《將軍級(General)》。

……**昆蟲**？

「——！」

有如一道閃電劈落般，靈感湧入我的腦海。

我的身體發揮出前所未有的迅敏動作，制止安娜小姐正要往下砍的手臂，並奪走她的短劍，切開雷斯托夫先生腫脹的右手——

「《驅除蠕蟲(eliminale vermis)》！《驅除節肢蟲(eliminale insecta)》！」

我喊出了《驅蟲的話語》。

◆

「嗚哇啊啊啊啊啊啊啊啊啊啊啊啊啊啊啊啊……！」

安娜小姐哭了。

她趴在雷斯托夫先生身上，嚎啕大哭。

雷斯托夫先生則是輕輕抱著那樣的安娜小姐——用他的**右手**溫柔地拍拍安娜小姐的背。

一次又一次地拍著。

看著那樣的情境，我和周圍的人們都不禁鬆了一口氣。

「了不起啊，喂。真虧你能發現。」

把好幾位神官叫過來——雖然到頭來等於白跑一趟就是了——的梅尼爾說著拍拍我的肩膀。

「是這次運氣真的太好了。千鈞一髮啊。」

——沒錯，這個神祕症狀的真面目，其實是**寄生蟲**。

這次那個《將軍級(General)》據說是像長翅昆蟲與人類混合出來的惡魔。

他在口器中藏了有毒又凶猛的寄生蟲卵，然後在啃咬的同時把蟲卵注入雷斯托夫先生體內。

接著孵化的寄生蟲便會侵蝕體內，散出毒物。

即使傷口或劇毒可以靠祝禱術治癒，但源自眾神慈悲的治療性祝禱術並不會殺掉只是生存於體內的寄生蟲。

因此就算能夠緩和症狀，也沒辦法徹底根治。

「…………」

在我施展《驅蟲的話語》之後，從雷斯托夫先生手上的切傷處便湧出了好幾種類嚇人的寄生蟲。

──雖然是恐怖到會讓人做惡夢的光景，不過總之那些湧出來的蟲都被我用《話語》一隻不留地抓起來燒死，然後我又重新為雷斯托夫先生施加了治癒與解毒的祝禱術。

這次雷斯托夫先生右手的變色與浮腫症狀就沒有再度復發。

……但如果剛才稍遲一步。

如果我發現得稍微再晚一點，安娜小姐恐怕就把雷斯托夫先生的右手完全切斷了。

畢竟被蟲侵蝕的部分只有到手腕附近，所以那樣做應該能保住一命——但是在那樣的狀況下，雷斯托夫先生的右手應該就沒辦法完全恢復原狀。

藉由祝禱術的治療是極為強大的。

就連前世的醫療技術都不可能辦到的奇蹟，靠祝禱術也能輕易實現。

正因為如此，這次的事情讓我深深體認到只會仰賴祝禱術是多麼危險的想法。

——我萬萬沒有想到，居然還有透過寄生蟲侵蝕對手這樣的抓漏洞手段。

其他還能想到什麼樣的手段呢？

例如說治療類的祝禱術如果遇上本人拒絕就無法發揮效果，所以把毒假稱是藥讓對手吞下後，又欺騙對方毒造成的症狀只是藥物的副作用之類。

或是透過陷阱之類的方法用巨大的重物壓碎對手任何一隻手腳使其無法脫身，就算靠祝禱術治療了手腳也沒有意義。

或者是在無法冷靜禱告的戰鬥狀態中，向對手施展多種立即生效的病毒或詛咒混合而成的攻擊也是一種手段。

如果帶著惡意去思考，能夠對付祝禱術的抓漏洞手段要多少有多少。

即便是堪稱真正《諸神奇蹟》的祝禱術所進行的治療，讓人類來使用就不會是完美無缺了。

「…………嗯？」

我這時忽然湧現一個疑問。祝禱術雖然不能殺掉寄生蟲，但是可以治療疾病？也就是說神明並沒有把細菌視作生物，所以才殺掉的意思嗎？

細菌姑且先不講，但就像病毒在上輩子的世界也是被當成介於生物與非生物之間的存在，所以或許有這樣的可能性吧。

不，說到底，這個世界根本就沒有顯微鏡。

我首先就無法確定疾病是源自於細菌或病毒。

雖然衛生與疾病有關聯性似乎是事實，但並不保證其原理就和上輩子的世界完全一樣。搞不好這世界的疾病是體內元素之類的失常所造成的。

畢竟這世界存在有許多相當神祕的東西，而且也有瘴氣什麼的……

「不過、就算了吧。」

我思考到這邊便打住了。

容易想太多就是我的壞毛病。

現在應該優先的是平息這場騷動——然後體貼一下雷斯托夫先生與安娜小姐，讓他們兩人獨處應該也不為過吧。

◆

在一個寂靜的夜晚。

冬季一片冰冷的空氣之中，月光顯得無比皎潔。

我提著一盞裝有魔法光明的提燈，走在無人的街道上。

最後來到的，是位於河港的一個角落。

環顧四周可以看到，除了我手上這盞之外還有一盞提燈在發光。

「——你來了。」

「是的。」

雷斯托夫先生的右手險些就要被切斷的那場騷動之後過了幾天。

我被雷斯托夫先生叫到了河港的配貨處。

……所謂的配貨處，是指可以將準備搬上船或卸下船的貨物進行整理、分類或暫放用的一塊廣場。

在這裡有搭了天花板的棚子跟露天的堆放場，不過現在並不是河港的旺季而且又是晚上，因此只有零零星星的貨物。

在棚子處還可以看到較大的水甕以及不知裝了什麼的木箱影子，但露天堆放場就只有經過加工並捆綁起來的木材堆成兩座小山而已。

剩下能夠看到的就是有一半都被埋在土裡的古代石板地面，以及在夜風中搖曳的枯草們。

在這樣寂寥的風景中，雷斯托夫先生就坐在成堆的木材上等待著我。

一頭微翹的頭髮與留長的鬍子。

堅毅的眼神，草葉汁液和野獸鮮血沾染、下擺又破爛不齊的厚外套。

保養良好的劍，以及腳邊一盞長年使用而被炭燻黑，感覺很耐用的提燈。

是一如往常的雷斯托夫先生。

可是我莫名覺得好像跟平常有點不一樣。

很奇妙地從他身上可以感受到某種柔和的氛圍。

「……請問後來你右手的狀況還好嗎？」

「沒有異常。多虧你讓我撿回一命了——謝謝。」

「彼此彼此。」

我如此交談並走過去後，雷斯托夫先生便用動作示意我坐到他旁邊。

於是我將提燈放到地上，坐了下來。

接著好一段時間，我們都默默凝望著帶來的兩盞提燈中，火焰與魔法兩種不同的光芒。

不知過了多久……

「……我想、我應該是在迷惘。」

雷斯托夫先生打破沉默，靜靜開口說道。

「……」

「我是出生於《冰之山脈》中的一座山，稱為《雷神之窯》的聚落……威廉，你知道《冰之山脈》嗎？」

對於他這個問題，我點頭回應。

我以前有聽祖父古斯以及吟遊詩人碧描述過。

在北方《草原大陸（Grass land）》的中央有一群東西橫貫、被稱為《通天階梯》的大山系。

由滿是聳立岩壁的險峻山峰構成的那群山系，是隔絕遙遠的北方盡頭、信奉惡神的巨人或妖鬼們終日戰爭不斷的寒地荒原以及南方溫暖的平原之間的天然障壁。

而《冰之山脈》就是那《通天階梯》的其中一條山脈，在《法泰爾王國》周邊可說是最有名的一群山。

……雖然有名，但並不是代表那山脈特別險峻。

那裡的坡度反而比較平緩，到處可以看到盆地，氣候也稍微比較溫和。即使環境嚴酷也還是有很多人類可以居住的地區，甚至也有人趁著盛夏時期沿山脊往上爬，登上群山的山頂留下冒險紀錄。

沒錯，那**爬得上去**——是有路線勉強可以讓生物越過的山脈。

因此住在北方的妖鬼或巨人偶爾會越過這座《冰之山脈》，嘗試往南侵略。雖然多半都是零散的襲擊，但也有深受惡神庇佑的英雄率領組織性的軍隊發動的大規模攻擊。

邪惡存在們的向南侵略，有時候甚至會左右《草原大陸（Grass land）》的歷史。

然而——北方的巨人或妖鬼們如雪崩般大量湧入南方平原的嚴重狀況並不多。

因為在那地區有**那群人**居住著。

「北方的守衛。信奉血與鋼的寒風戰士，勇猛的《銀嶺氏族》們。」

「…………你可以老實稱呼為北方偏僻地區的一群蠻族們也沒關係喔？」

就在我從所知的稱呼方式中盡量挑選出比較好聽的稱呼時，雷斯托夫先生卻苦笑一下讓我的努力都白費了。

「呃、不，那未免也……不過確實有說服力。」

「意思是說我那麼像蠻族嗎？」

「我是在講用劍的實力啦！」

雷斯托夫先生笑著開了個玩笑，而我也笑著如此回應。

今天的雷斯托夫先生莫名地話很多。

……居住於《冰之山脈》周邊的《銀嶺氏族》。

在各種書籍或傳聞中，他們被形容是與北方的巨人或妖鬼們不斷交戰，野蠻而強壯的一群戰士，被評價為大陸北方的一面盾牌。

因為居住於寒冷地區，所以不論男女都長得很高大。鬍鬚之類的體毛濃密，喜歡厚實的衣服或毛皮。

他們與妖鬼或巨人等等大塊頭的敵人交戰的機會很多，因此劍技極具攻擊性。看不起面對巨大敵人時沒什麼意義的防禦或耍小伎倆的牽制，而只追求沉重而鋒利的一擊必殺。

在遙遠的古代，比《大聯邦時代（Union age）》更古早之前，靠著一把劍爬上王座的傭兵王——《偉大的》納諾克·奈拉夫等等人物也是從那氏族出身的。

「……雷斯托夫先生豪邁的劍術也是北方的特徵吧？」

「是啊。這是我還是個小鬼頭的時候，跟老爸學來的劍術。」

一如傳聞，完全體現了北方的劍技。

「我這把劍，也是祖先鍛造出來的傳家之劍。」

《銀嶺氏族》在鍛造方面也同樣很出名。

他們的鍛造流派被稱為北派，據說是用通過峽谷的寒風吹旺爐火，將燒熱敲打的利刃插入冰雪中鍛造成鋼。

所造出來的劍帶有如寒冰般清澈的利刃，以及不輸給矮人族、以實用為目的的剛強造型等特徵。

只不過——

「既然你知道我部族引以為傲的部分，那麼應該也知道受人非議的地方吧。」

「……是的。」

大概是由於那樣的生活地區，那樣的傳統所致。

他們的社會風氣粗魯積極、野心強烈，認為不惜財物生命的性格才符合優秀的戰士。

有時會做出可能會有生命危險的試膽行為，而且就算有人因此喪命也不會感到懊悔。認為徹底擊敗敵人，斷絕對手生命並掠奪其財寶的行為是無上的喜悅。

另外由於那樣的傳統，據說《銀嶺氏族》的個性急躁，容易對他人表現出傲慢無禮又高壓的態度，很多人性情激烈，愛恨情感的起伏很大。

◆

「那是一塊很野蠻的土地。恐怕比你想像中的還要野蠻。」

雷斯托夫先生一句一句緩緩地說著。

「雖然面對北方妖鬼的時候姑且會表現出團結的一面，但《銀嶺氏族》並不是一個統一的集團。在各地為了爭奪狩獵場或狹小的農耕地，部族之間同樣紛爭不斷。」

謀策，戰鬥，掠奪。

以血還血的報復行動。

算準時機又舉辦宴會握手言和。

有時也會締結部族之間的婚姻緩和敵對心，接著又是一番謀略。

當惡神的部下們自北方攻來時就會暫時停戰、合作，但戰事結束後戰友之間又會再度爆發紛爭。

我的故鄉也是這樣一個世界。雷斯托夫先生如此說道。

「《雷神之窯》也是那群山之中的一個聚落，位於一座比較低的山頂上凹陷形成的盆地。根據傳說是在神話時代，雷神沃魯特率軍對付暴虐與專制之神伊爾特里特時，為了養活士兵而鑿了那座山造出窯爐。

然後將其妻子地母神瑪蒂爾給予的、會有無盡食材湧出的神祕鍋子放在爐火上，一夜紮營餵飽了無數士兵的肚皮。」

真是一段有趣的故事。那或許是古代火山爆發形成的火山臼盆地之類的吧。

又或者在這個世界也可能真的有留下雷神大人在那裡煮過料理留下的痕跡。

不管怎麼說，既然會有那樣的故事傳承下來，大概就代表——

「你猜得沒錯，在農耕地貧乏的《冰之山脈》中，那是一塊還算不錯的土地……

而那樣一個聚落的族長所生下的第二個兒子，就是我。

我的祖母充滿智慧，父親是個強大的戰士，母親性情直率、笑聲響亮，哥哥個性詼諧又不拘小節，後來也生了一個妹妹。哎呀，算是一段幸福的孩童時代吧。」

一陣冷風這時吹過。

《南邊境大陸》的冬季寒風還算是溫和的了。

——雷斯托夫先生的故鄉所吹的風肯定更加寒冷刺骨吧。

「就在我十歲的時候，有個部族勾結周圍其他部族成為盟主，宴請我的部族包含我父親在內的主力戰士們，然後暗算了他們。我們部族無力抵抗緊接著攻來的那群傢伙，就這麼遭到毀滅。我的祖母、母親、哥哥與妹妹也都死了。

不知是哪尊神明擲的骰子遊戲，當時我剛好寄宿在母親那一方的舅舅家裡，結果倖免於難。」

「…………」

「我舅舅與表兄弟們將我藏起來，為我做了非常多事。而我雖然朝思暮想著要殺掉仇敵部族那群傢伙，努力鍛鍊自己，但是奪得了《雷神之窯》的仇敵部族之後卻發展得極為繁榮。

我因此不得不明白了一個道理。會耍計策欺騙別人親屬的惡棍，並不代表就不善於從政。」

當雷斯托夫先生長到虛歲十五成年的時候，仇敵部族已經變得更加繁榮，甚至受到周圍部族們的服從。

他於是理解到，繼續讓舅舅藏著自己，會給他們的部族造成麻煩。

「──所以我決定，要放棄報仇了。」

雷斯托夫先生用平淡的語氣述說著遙遠的過去。

無法聽出任何感情的乾燥口氣背後，究竟隱藏了什麼樣的心情？

「……取而代之地，我決定要打響自己的名聲。我部族的祖先就是握著一把劍揚名於世，獲得了不朽的名譽與榮耀。只要我再度靠一把劍獲得名譽與榮耀，讓自己的名聲響亮到足以傳入天上喜悅原野的那些親人耳中，他們的靈魂想必也能感到自豪，得到安息吧。」

在提燈的光芒中。

我聽到的是一名冒險者誕生的故事。

據說他向雷神沃魯特立下了「為了弔念逝去的親人，必當獻上名譽與榮耀」的誓言。

接著便跟著旅行商人來到了山下。

對山下世界的富饒與熱鬧感到驚訝。

經歷了幾度的爭執與戰鬥，對自己的劍技產生了確實的自信。

也多少經驗過幾次的失敗與屈辱，帶著苦笑描述的幾段失敗故事。

有結交到夥伴的時候，也有與夥伴道別，甚至失去夥伴的時候——

「到頭來，或許像這樣流浪冒險的人生很符合我的性情吧。」

他討伐了許多的怪物，也闖蕩了好幾座遺跡打響名聲。

不知不覺間，他獲得了《貫穿者》這個稱號，變得受到吟遊詩人們歌頌。

「然後我認識了你，立下武勳……」

雷斯托夫先生的眼睛這時忽然仰望星空。

「最後，甚至名列於屠龍的偉業之中了。」

◆

「當然，我並沒有打算提出什麼不要臉的主張。」

冬季的夜晚。

我們兩人之間繼續平靜的對話。

「如果問到討伐邪龍的行動中第一戰功要屬於誰，威廉，毫無疑問就是你……當時刺向瓦拉希爾卡喉頭的閃亮一劍，可說是漂亮得教人痴迷。」

「…………」

雷斯托夫先生說的話依然聽不出任何感情。

我不知該如何回應才好，只能保持沉默。

不過——

「但我也不是什麼功勞都沒立下吧？」

對於他這句提問，我就知道要怎麼回答了。

「當然了，那是再清楚不過的事實啊。」

我同樣也沒有打算提出什麼不要臉的主張。

「斬殺多頭蛇，刺死惡魔們，為大家開闢出通往山中王座之路的人就是雷斯托夫先生。與葛魯雷茲先生合力將包圍王座那群惡魔們擊退的也是你。好幾度牽制瓦拉希爾卡，並削下其鱗片的也是雷斯托夫先生。

……如果有人敢毀謗說雷斯托夫先生什麼都沒做到，我願意對燈火之神以及自己身為戰士的靈魂立誓，必定向那個人提出決鬥。」

無論梅尼爾、祿、葛魯雷茲先生還是雷斯托夫先生。

大家都是在那場與邪龍的戰役之中並肩奮戰過的戰友，只要缺了任何一個人，我們就得不到那場勝利。

不過，那也就是說——

「請問雷斯托夫先生的煩惱該不會是？」

「不，不是那樣。我沒有那麼幼稚。」

雷斯托夫先生說著，對我露出苦笑。

「只不過，我想到了一個念頭。」

或許是提燈光芒照耀角度的緣故，那苦笑的陰影莫名深濃。

「請問是想到了什麼？」

「嗯。」

點了一下頭之後……

「——我想我應該差不多可以結束了吧？」

被人稱為《貫穿者》雷斯托夫，確實獲得了名譽與榮耀的戰士，開口如此呢喃。

「即便不是屠龍的主角，但也名列隊伍之中，完成了自己的任務。不久後這段武勳想必會被寫成詩歌，傳遍許許多多的土地，傳頌給許許多多的人民，傳承給許許多多的後代。在諸神之處歇息的家人們，以及部族的大家，只要見到我砍下的龍鱗，總不可能還嫌說無法自豪、得不到安息吧。既然如此……」

他的這段呢喃，聽起來莫名像是在告白自己的罪惡。

「……我浮現一個念頭，覺得自己把劍放下來應該也沒關係了。」

「…………」

——那應該是很理所當然的感情吧？

首先浮上我腦海的，是這樣一句話。

雷斯托夫先生一路來紀律自己，鍛鍊自己，得出了一定程度的成果。

認為差不多可以告一個段落了。

這樣的想法有什麼不對呢？

可是，雷斯托夫先生又再度陷入沉默。

感到迷惘似地好幾度張開嘴巴，又再閉上——

「……我感受到，我自己變得懦弱了。」

他就像要把盤旋於心中的想法吐露出來般如此說道。

「雷斯托夫先生，那會不會對自己太過嚴格了——」

「那麼威廉，換作是你會如何？」

「……咦？」

「如果你完成了一場為了神明、神聖而又嚴酷的戰役之後……心中產生了那麼一點點『自己為了燈火之神的奉獻到這邊應該就足夠了吧』的念頭，你會如何？」

我忍不住呆住了。

「如果那樣的念頭不斷地、不斷地湧上腦海，無法揮散。你會如何？」

我講不出話來。

因為我從來沒有想像過這樣的事情。

「我雖然在形式上是奉雷神沃魯特為自己的守護神，但我的信仰不算很虔誠。我一直以來都只相信握在手中的鋼鐵，以及自己鍛鍊出來的肉體與意志……劍才是我的神。我將自己奉獻給神，希望與神同生共死。」

「所以——」

「沒錯，所以我不斷地追求戰鬥。」

正因為迷惘，所以要往前。

正因為迷惘，所以即使感到勉強也要讓自己一如過往。

這是相當符合戰士性情的愚直選擇。

我如今能夠明白，他之所以一直迴避安娜小姐，應該也是為了這個原因吧。

「最後的結果就是我的右手中招，給你、梅尼爾多……還有安娜添了不少麻煩。」

「那次的事情是沒辦法的啊。」

率領惡魔軍團的《將軍級(General)》惡魔，可不是輕易就能砍下首級的對手。

畢竟光是那樣就堪稱是足以讓吟遊詩人歌頌好幾代的武勳。

「嗯。不過——在那次的事情中。」

「…………」

「……我有了個想法，不希望讓安娜再露出那種表情了。」

我忍不住瞪大眼睛。

沒想到這位總是講話正經沉著的武人，會這樣帶有感情地講述別人的事情。

「你很愛她。」

「是啊，應該是……然而同時也有另一個自己在說著：怎麼可以把劍放下？怎麼可以為了區區一個女人變得如此迷惘？」

或許這也是正常的吧。

如果那麼簡單就能看開，人也不會活得那麼辛苦了。

雷斯托夫先生為劍投入了多少心力與熱忱，我很清楚。

「因此，我想要詢問我的劍。」

他說著，從木材堆上站起身子。

於是我也跟著站了起來。

其實從剛才我就有感受到。

……從雷斯托夫先生的體內散發出的氣魄與鬥志。

「威廉。威廉．G．瑪利布拉德——屠龍的聖騎士（Paladin），獲得古龍之力的戰士，我的戰友。」

迎面撲來的，是讓人忍不住會想要往後退下的壓迫感。

但我依然忍下來，正面回望對方炯炯有神的雙眼。

「——我要向你提出決鬥。」

◆

在寒風吹拂的露天堆放場上，我們兩人互相對峙。

彼此之間的距離是一步一劍。

只要各自拔劍往前踏出一腳，就能夠砍到對方。

這距離危險到教人神經發麻的程度。

「請問勝負條件要怎麼定？」

「先流血的人輸——若我現在無法觸及你，我便會放下我的劍。」

「那如果雷斯托夫先生贏了呢？」

「如果劍要我繼續走下去，我就會再次往前邁進，追求名譽與榮耀。」

「即使要丟下安娜小姐？」

「沒錯。雖然這件事跟你一點都沒關係，對你而言只是麻煩而已。」

「不……我其實是很支持安娜小姐的喔。」

我沒有緩解全身的緊張，只是稍稍揚起嘴角露出微笑。

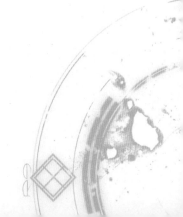

「我的幹勁都湧上來了。」

「……謝謝。」

「不過──」

現在的狀況對我來說已經是**極為不利**了。

雖說現在是夜晚，但如今的《燈火河港(Torch Port)》並沒有危險到我外出必須全副武裝的程度。

……只不過是被一個朋友叫出來講話而已，根本沒有理由要把全部武裝都帶在身上。

現在我身上只有穿一套普通的衣服再披上外套，帶在身上的既不是《噬盡者(Over Eater)》也不是《黎明呼喚者(Call Dawn)》，而是平常用的一把鋼鐵劍而已。

相較之下，雷斯托夫先生帶的是實戰用的愛劍，厚實的外套底下看起來也有穿皮甲、護手、護腿等等的護具。

因此我不但在武器上不如對方，有效的攻擊部位也受到相當程度的限制。

再加上因為我們在冬季的深夜交談了很長一段時間，現在我身體已經涼了。

雖然我獲得龍的力量之後耐寒性也變得比較高，可是我平時都盡可能抑制龍的力量，讓自己活得像個人類，所以冷的時候還是會冷。

一旦身體變冷，想當然動作就會變得遲鈍。

尤其雙手凍僵的狀況特別不妙。非常不妙。

相對地雷斯托夫先生據我觀察起來似乎在懷中放了取暖石為雙手保暖。

在這麼冷的天氣中會隨身攜帶保暖用品也不是什麼值得奇怪的事情，因此我剛才並沒有感到什麼疑問。不過現在想起來，其實這也是伏筆啊。

而且畢竟我們剛才還在交談講話，彼此之間自然已是劍客的攻擊距離。

我不認為雷斯托夫先生如今還會讓我拉開距離用投石或魔法攻擊他。

在我拉開距離之前，他那把會伸長的劍刃就能砍到我了。

再進一步想，這場所也是雷斯托夫先生指定的，因此就算什麼地方有結草絆腳或挖洞等等設置了一點陷阱也不奇怪。

至少這狀況足以讓我必須分出一點注意力小心警覺。

「……老實講，這會不會太狡猾了？」

「我可不記得自己說過會堂堂正正跟你決鬥。既然是要跟你交手，這種程度的事前準備也是正常的吧？」

「未免太狠了。這樣根本搞不清楚是決鬥還是打架了啊。」

實在是很過分的一件事。我不禁微微表現出心中的憤慨。

「……不過，很高興看到你恢復以往的狀況了。」

聽到我這麼一說，雷斯托夫先生長滿鬍鬚的嘴角便揚了起來。

像這樣的部分就是這個人的出色之處，是我尊敬他的地方。
看似老奸巨猾，卻又坦率直接。
他總是能在兩者之間找到巧妙的平衡。
「那麼你要接受嗎？還是要拒絕我？」
「……好的，我接……」
霎時，神速的拔劍便朝我飛來。

◆

「──！」
鋼鐵擦碰發出低沉的聲響。
利刃驚險削過我敞開的胸口前。
對方在我回應接受決鬥之前就會拔劍砍來的事情，其實**我早已知道了**。
正因為我知道，所以在回答的同時就已搶先拔劍。
毫無疑問是我先動作的。
「可、是……！」
對方的劍居然比搶先行動的我還要早砍來，這個人也太誇張了！

雖然我在千鈞一髮之際把我的劍插入對方的劍路中偏移了攻擊軌道，不過要是再稍遲個一瞬間，就會當場流血落敗了。

拔開劍鞘的動作，腰部的轉動，腳踏的步伐。

他拔劍的一切動作都極為迅速，毫無多餘。

明明連眼皮都沒眨一下，卻像是在看什麼途中漏了好幾格的膠捲影片一樣，對方從擺出姿勢的狀態就忽然把劍砍來。

即便是有相當實力的戰士，相信十之八九也會被這宛如迅雷的第一招砍開胸口，直接分出勝負吧。

然後——從這樣誇張的第一招攻擊之後，才是真正的重頭戲。

伴隨地面「轟」一聲震動，表情有如修羅的雷斯托夫先生朝我踏出一步。

緊接剛才拔劍的一擊，他又用雙手握劍回砍。

「嗚喔喔喔喔喔喔喔喔喔！」

可怕的連續攻擊來了。

這讓我不禁回想起以前布拉德的全力攻擊，但雷斯托夫先生因為劍比較短的緣故，換招速度更快。

頸部、肩膀、手腕、胸口、側腹，接二連三砍來的利刃每一劍都精準而毫不留情，帶有強勁到幾乎滿溢的力量。

要是被對方的氣勢壓倒而往後退下，就會被逼進絕路。

要是隨便閃躲或架開攻擊，會讓自己露出破綻。

「喝、啊啊啊啊啊啊啊！」

所以我**硬是擋了下來**。

隨著「鏘！」一聲強烈聲響，我的劍被砍出了缺口。

雷斯托夫先生的劍可是北派的名劍，還有古斯幫他刻上《記號》。

用普通的劍硬拚當然只有缺損毀壞的份。但如果抱著捨不得讓劍受損的想法是贏不過這個人的。

「啊啊啊啊啊啊啊啊！」

雖說只要有一方流血就分出勝負，但這畢竟是決鬥，不是模擬戰。是雙方都手握真劍的認真交手。要是被劍刺到要害還是會有喪命的可能。

根本沒有餘力去保護劍，打什麼有氣質的戰鬥。

因此我抱著不惜讓劍在這次戰鬥中報銷的決心，故意讓劍打擊對手。用彷彿要把對手連人帶劍一起劈開的氣勢用力揮砍。

「嗚、喔……！」

雙方的劍強力相撞，衝擊力道讓握劍的手都頓時發麻。

雷斯托夫先生原地踏步。

他的劍速、技巧與連續攻擊能力確實都教人害怕，但終究只有握一把劍。

因此我只要打正面迎擊他做為攻擊手段的那把劍，帶著連人帶劍一起劈砍的氣勢攻擊、攻擊再攻擊，至少就不會被捲入那宛如暴風雨的連續攻擊之中遭到蹂躪。

如果在招式技巧的攻防上陷於不利，只要用壓倒性的力氣把對方連同招式一起擊潰就行了。一如布拉德的教誨，只要有經過鍛鍊的肌肉所發揮的暴力，面對大致上的狀況都是有辦法解決的。

可是——

「力氣再大、也該有個限度啊……！」

雷斯托夫先生的劍卻試圖要突破所謂「大致上的狀況」的範疇。

他大概是早已猜到我會像這樣打算靠蠻力打破局面吧。

在雙方的劍互相撞擊的戰況中……

「——！」

雷斯托夫先生擋下攻擊的同時，將手中的劍大幅一扭。

利用我朝他揮劍砍去的速度，讓他的劍尖霎時逼近我胸口。

我勉強躲開並往前踏出一步。

兩人的肩膀互相碰撞。

腳步位移。

爭搶有利的位置。

互砍只會讓我處於劣勢。

破解對手的攻擊距離。

劍刃交纏。

緊接著，雷斯托夫先生把劍一扭。

不妙。

我的拇指。

會被砍斷。

用劍鍔擋下。

「嗚啊！」

彈開。

又再度互砍，再度纏鬥。

下個瞬間，也搞不清楚對方是怎麼做的，握柄末端忽然出現在我眼前。

「！」

是毆打——

「呃啊！」

碰！彷彿腦中炸出火花般的一記衝擊。

我不禁全身後仰。

◆

「呃、嗚……！」

這次換成我踏步往後退了。

能夠巧妙躲開接續而來的追擊應該可說是相當僥倖吧。

對方用劍柄的這一招毆打，我雖然是用較硬的額頭部分接住了。不過……

「——我還、沒有、流血喔。」

「看來是那樣。」

靠砍指頭的動作讓我把注意力放到劍尖上之後，大膽邁步逼近並旋轉劍身，用握柄毆打。

要是我沒能來得及反應，讓他擊中我的鼻子之類的部位，毫無疑問就會當場流血了。

或者說，雖然我有錯開被擊中的部位，但其實額頭也是有可能會裂開。沒有出血真的只能說是運氣好啊。

對手實在強得教人害怕。

——對於從近距離互砍纏鬥的狀態下進行攻防的技巧，我本身也十分熟悉。

無論是《銀嶺氏族》使用的北方劍術，還是其他流派的各種招式，布拉德都有教過我。

論肌肉力氣，應該也是我稍占上風才對。

可是現在我卻處於被動的狀況。

在技巧的細膩程度，預測動作的深入程度，身體記住的攻防模式數量上，兩者不同。

……這是雙方對劍投入的歲月、執著與分量的差距。

當然，我早就知道他是個可怕的對手。

雖然知道，但實際上超出我的想像。

好強。

好棘手。

既沒有餘力詠唱魔法，也沒有餘力禱告庇佑。

我知道我只要表現出任何一點前兆，對方那神速的一劍就會朝我刺來。

這對手可沒簡單到讓我可以在對應的同時把注意力放到其他事情上面。

因此我只能被迫選擇用劍應戰，可是論武器的品質又是對方比較有優勢。

好強。

真的好強。

該怎麼辦？

要怎麼攻略？

要怎麼贏？

我在腦中思索著各種手段的同時瞪著雷斯托夫先生，而他也回以瞪視般的眼神。

——那雙眼閃閃發亮，綻放出凶猛的光輝。

我知道。

在他眼中看到的我，恐怕也一樣雙眼閃閃發亮吧。

雖然臉上沒有笑容，但雙方在心中肯定都在笑。笑得露出利齒。

……原來兩人可以抗衡到這種地步。

……原來我和這個人可以戰鬥到這種程度。

……還能繼續打下去嗎？對方還會回應我嗎？

這樣的想法，這樣的自豪，這樣的喜悅不斷湧出，停也停不下來。

兩個人一路來鍛鍊出的成果。

每次鍛鍊時都會蓄積在自己體內，有如岩漿般炙熱的情感。

如今總算找到可以在極高的等級回應自己的對手，而滿溢出來。

「——真是愉快啊，威廉。」

「是啊。真的非常愉快。」
兩人互相用劍抵著對方的劍。
不知不覺間，我甚至湧起了不希望這段時間結束的念頭。
就連決鬥的目的究竟是什麼，都從我腦中消失。
一心一意，只想要戰勝眼前這個人物。
我想雷斯托夫先生肯定也是一樣。
「我要上了——可別死啦。」
「雷斯托夫先生也是。」
雙方互相拉近距離。
一切的雜音從世界消失。
好幾條銀光在暗夜中飛舞。
劍刃敲擊的聲音響徹四周。
眼前唯有自己的劍，以及對方的劍。
兩人都不再有一絲的猶豫或留情。
因為我們都知道，那樣做只會讓自己落敗。
「呀啊啊啊！」
「——喝！」

強烈的一擊互砍後，雙方都往後退下一步。

我們究竟交手了多久的時間？

回過神時，我發現自己手中那把劍已經被砍得像鋸子一樣。

——恐怕撐不下去了。

雖然品質不壞但也只能算普通的這把劍，應該再互砍幾下就會斷掉。

我必須在那之前獲得勝利才行。

為此……

「…………」

我連僅剩的一點猶豫都捨棄掉，使出全力。

——抱著殺掉對手的氣勢，出招。

如果想打贏這個人，只能這樣。

我深吸一口氣。

吐出來。

「……對燈火立誓。」

「對銀嶺之鋼立誓。」

雙方有如禱告般，只簡短說出這樣一句話後。

——彼此的武器互相交錯。

結局來得唐突而欠精采。

——鮮血滴答滴答地落下。

「…………」

感覺有如魔法忽然被解除般。

雙方拚盡自己的力量與技巧所得到的興奮與歡喜，在見到鮮血流落的瞬間便煙消雲散。

「是我、輸了。」

「為什麼……」

我的劍砍到雷斯托夫先生的肩膀。

而雷斯托夫先生的劍則是刺了個空，沒有傷害到我的身體。

可是——

「為什麼你要放水！」

我忍不住如此大吼。

在最後的一瞬間。

雙方甚至不再顧忌對手的性命，定出勝負的交錯一瞬間——雷斯托夫先生的劍不知道為什麼變得遲緩，失去力量。

他放慢自己的劍，扭轉身體，用肩膀承受了我的劍峰。

原本的興奮、歡喜，應當會見識到的高度交鋒，應當會分出的勝負。

全部都在那一瞬間消失無蹤了。

「為什麼……！」

如果剛才雷斯托夫先生繼續往前邁出腳步，究竟會是誰獲勝？

他的劍會刺到我嗎？

我的劍能砍到他嗎？

還是兩敗俱傷呢？

明明只要再一秒鐘就能夠分出勝負的。

接著雙方應該就能得到更為確實的勝利，嘗到更為確實的敗北。

——可是現在那些卻有如幻影般從手中濺落，溶於虛空中消失了。

真是一場掃興落幕的戰鬥。

我心中的亢奮轉為憤怒，在感情驅使下忍不住開口責備。

而對於那樣的我……

「——抱歉。」

雷斯托夫先生靜靜苦笑。

「安娜哭泣的表情、閃過了我的腦海。」

「啊……」

聽到他這麼一說，我頓時講不出話來。

「就在剛才那瞬間，威廉，或許我有機會從你手中獲得勝利。但同時我得到的也可能不是甘甜的勝利，而是冰冷而苦澀的死。」

剛才就是那樣的一場交錯。

根本不知道誰會獲勝。

是雙方都拿出真本事的勝負比拚。

最後那瞬間，根據彼此選擇的劍路動作與步伐角度——搞不好會有哪一方的劍以當場致死的力道刺入對方的要害。

「在那一瞬間，閃過我腦中的不是自己贏過屠龍戰士的勝利姿態，而是女人哭泣的表情……我想這應該就是答案了吧。」

雷斯托夫先生說過，他要問劍。

自己究竟要繼續握起劍，追求名譽與榮耀。

還是應該把劍放下，選擇抓住愛與幸福。

最後的答案，似乎在與我分出勝負之前就得出來了。

「……抱歉。」

雷斯托夫先生靜靜對我道出謝罪的話語。

我則是靜靜搖頭。

「像剛才那樣激烈相撞的交鋒……肯定是一生中遇不到幾次的戰鬥吧。」

「是啊。」

若說自己心中不感到可惜，那是騙人的。

甚至也有種想要責備對方的心情。

「明明是那樣精采的一場勝負，你卻在途中擅自放棄！就算你原本的目的是為了找出答案，這樣做我還是很生氣啊！」

「嗯。」

在我心中有個自己在怒吼，恨不得剛才雙方可以使盡全力分出勝負。

被布拉德培育出來、身為戰士的自己因為實在太不甘心，而不斷在跺地、吶喊、胡鬧抗議著。

然而——

「因為我很生氣！所以不管你怎麼拜託，我都不會幫你治療肩膀的傷！」

「……這樣啊。」

「沒錯！」

被瑪利培育出來的另一個自己，則是面露微笑接受了這個結局。

鼓著臉頰的我與一臉愧疚的雷斯托夫先生互相看著對方。

接著兩人都忽然露出苦笑。

「好啦！放棄了決鬥的雷斯托夫先生就快點給我離開，去找人幫你治療那個傷啦！」

「好，就這麼做──我應該會被罵得很慘吧。」

「你活該……啊，可是這狀況我是不是也會挨罵啊？」

「我會幫你講話啦。」

雷斯托夫先生如此說完，便按著自己的肩膀，轉身踏出腳步。

「威廉。」

「什麼事？」

「──我的朋友。我由衷感謝你。」

留下這樣一句話後，他便邁步離去。

在月光下。

我握著一把徹底變得破破爛爛的劍，目送他的背影離開。

真是好寂靜的夜晚。

◆

如此這般，雷斯托夫先生似乎向安娜小姐道出了自己的心意。

雖然我沒有誇張到想要去把詳情都問個清楚，不過從隔天之後，那兩人感覺就變得很親密。

而見到他們那個樣子後……

「貫穿了吧……」

梅尼爾一臉認真地如此說道。

語氣相當嚴肅。

「……不要開那種玩笑啦！」

雖然我也不是完全沒有想過那種事情啦！

雖然不是沒有想過，可是總有點那個吧！

「真是高速的拔劍。不愧為《貫穿者》雷斯托夫，那毫無疑問是貫穿了啊。」

「怎麼連托尼奧先生都這樣！」

晚上。雇來的幫傭阿姨們都回家之後，在空蕩蕩的領主館大廳中……

暖爐旁的四角形小桌上擺了四個裝有麥酒的角杯，還有裝在盤子上的炒木果、鹹燻肉以及果乾。

梅尼爾與托尼奧先生隔著桌子坐在我對面咧嘴笑著，在我旁邊的祿則是露出尷尬的笑容。

「哎呀，既然這樣今晚就別找雷斯托夫來啦。」

「這樣也好，讓他們兩人自己去高興吧。」

聽到梅尼爾與托尼奧先生如此說道後……

「呃，嗯，關於這點上我也同意就是了。」

「畢竟沒有必要去打擾人家啊。」

我和祿也點點頭。

雖然現在因為邪龍造成的騷動相當忙碌，不過正因為是這樣的時候才更希望和自己重視的女性在一起的想法也是可以接受的。

因此……

「感謝眾神的聖寵，並祈禱雷斯托夫與安娜的健康與幸福——」

「乾杯～」

我們發出沒什麼勁的聲音，用慵懶的動作各自舉杯。

我順便也小聲獻上餐前的禱告。

把領主館當成聚會場所，像這樣各自隨便帶酒或食物過來聚在一起，然後一群男人們隨興地喝酒聊天——這樣平凡無奇的聚會，最近成了我們之間的習慣。

雖然偶爾碧也會出席，不過這喝酒聚會通常都是充滿男人味的。

主要成員有我、梅尼爾、托尼奧先生、雷斯托夫先生、祿與葛魯雷茲先生等等。

鬍鬚比率實在高得可以，讓場面看起來相當誇張。

若以前世的娛樂小說來講應該算是很糟的類型吧。華麗感完全不夠。

「話說回來，那個雷斯托夫啊……」

「真是教人驚訝呢。」

梅尼爾啃著豆子小聲呢喃後，鬍鬚上沾了麥酒氣泡的祿也點頭回應。

「哎呀，追求名譽與榮耀的冒險本來就不會長久啦。但是話說回來，那個雷斯托夫啊……」

「我本來還以為是威爾先生會比較早傳出這類的消息啊。」

「咦？我嗎？」

聽到托尼奧先生用手指撕著燻肉說出的這句發言，我不禁疑惑歪頭。

「畢竟你彬彬有禮、信仰虔誠、實力又強，是個有財產有地位的英雄，而且沒有複雜惱人的親戚關係。這不是黃金單身漢嗎？街上也有不少姑娘們說很『憧憬』你喔。」

「哈哈！托尼奧，如果只講條件當然是那樣啦。可是這傢伙面對女人就很沒膽啊。」

「啊～……也就是最終僅止於『憧憬』或『好人』的那類型……」

托尼奧先生露出一臉理解的表情點點頭，我則是忍不住「嗚……」地呻吟一聲。

畢竟事實上就是那樣，我也無從反駁。

如果把不死神那個案件先擱到一邊，和我感情不錯的女孩子頂多只有碧和安娜小姐而已。而安娜小姐現在與雷斯托夫先生湊成了一對，我和碧之間又不是那種關係——呃，總之我可說是非常缺乏異性緣，缺乏倒讓人有點難過的程度。

「要、要說起來的話梅尼爾又是如何嘛！呃，跟《花之國（Lhoth dhol）》的蒂娜小姐之類的！」

「我跟她才不是那種關係。」

梅尼爾舉起角杯喝了一口。

「……而且話說，就算假設我跟她真的是那種關係，和精靈之間講那種事情也是很有得等啦。」

「這樣啊？」

「光是評估對方的個性或是兩者合不合適就得花上十年才總算結婚。」

「嗚哇，真有得等。」

「而且這樣在精靈來講還算是『有點急的婚姻』。」

「！」

簡直是考驗耐性了。

「畢竟在已知的種族之中，精靈族是最為長壽的。」

祿說著，露出苦笑。

確實，雖然也要看血緣的純粹程度，不過據說精靈族都可活到幾百年乃至一千年以上。

矮人族則是其一半到四分之一左右。

至於半身人就妙了，因為他們那種「沒有人跟我講過什麼詳細的年齡呀」的隨便個性再加上強烈的流浪習性，導致誰都不知道他們的壽命究竟有多長。

「一旦結了婚就要相處幾百年，所以精靈族對婚姻是非常慎重的。而且要是鬧得不好，可能會遺留下好幾百年的禍根啊。」

「不過這也有一部分原因是森林的生活變化不多吧。即使是對時間感覺遲鈍的精靈族，出了森林來到人類社會後似乎感覺也會有相當程度的變動。」

托尼奧先生如此補充。確實在《燈火河港(Torch Port)》中偶爾也會見到精靈，而他們給人的感覺就沒有那麼極端。

畢竟他們基本上都是很聰明的人，或許在某種程度上能夠配合周圍的文化或生活步調吧。

「總之就是這樣，我目前並沒有那方面的事情可講。倒是托尼奧不考慮再婚嗎？」

「不……雖然並不是我要顧慮前妻什麼的，但我目前沒有那樣的想法。」

托尼奧先生苦笑一下。

他雖然以前曾結過一次婚，但是和夫人死別了。

──據說對方身體虛弱而經常生病，不過是個聰明而開朗的人物。

後來托尼奧先生任職的商會破產而成為了旅行商人，接著與我相遇之後又重建生意……他的人生講起來其實也相當起伏多端啊。

「祿先生又是如何呢？」

或許是回想起夫人的事情吧，托尼奧先生露出有點感懷的眼神後，將話題帶到祿身上──

「我姑且是有一位訂婚對象。」

在場的人都頓時瞪大眼睛。

◆

「哦？」

「那是什麼？我可沒聽說啊！」

「請詳細說明一下吧。」

「呃不，話雖如此，但我也不知道那婚約是否還算數……」

祿用他一如往常的拘謹語氣開口說道：

「以前我們部族還在流浪的時候，曾有一段時間寄身於《草原大陸（Grass land）》上《雲霧峽谷（Misty valley）》中的《谷之國（valley）》。」

「《雲霧峽谷（Misty valley）》……」

我記得那是位於《法泰爾王國》東北部的大峽谷地帶。

在《法泰爾王國》的東部，有一塊被稱為《爭亂的百王國》的地區。

其土地貧瘠，多為荒土，有幾個小規模的豪族國家反覆著興建後彼此爭鬥又毀滅的歷史，是個不太安定的區域。

而在那北方則是有一片被濃霧瀰漫的山巒圍繞、雄偉到教人屏息的峽谷。

被深邃的森林所覆蓋，蘊藏數種礦物的那塊峽谷，是個矮人部族的王國——

「搞什麼，原來我們以前意外地住得很近嘛——雖然這種事情也不算稀奇就是了。」

梅尼爾的故鄉《艾琳大森林》就位於其峽谷的北邊。

不過要說這是值得驚訝的偶然嘛，就如梅尼爾所說其實不然。

《艾琳大森林》的精靈部族以及《雲霧峽谷（Misty valley）》的矮人部族在《草原大陸（Grass land）》的精靈與矮人部族國家之中算是相當大的類型。

現在如果在《南邊境大陸（South mark）》詢問精靈或矮人是來自什麼地方，大約一半左右都會回答是《艾琳大森林》或《谷之國》吧。

「然後呢？你在那裡有個約定終身的女人？訂婚者之類的？」

「類似那樣的感覺。我當時還在世的父母寄身於《谷之國》的時候，和人訂下約定，說小孩子出生之後就訂婚——對象是《谷之國》君王的孫女。」

「那不就是公主大人嗎？真了不起啊——話說，你怎麼會丟下那樣的對象跑到這種邊境地方來啦！」

「呃、不，因為《谷之國》近年來為了繼承問題鬧得不可開交……」

祿露出一臉複雜的表情。

「繼承問題……？」

「請問連托尼奧先生也不知道嗎？」

「畢竟《谷之國》是個非常封閉的國家，若非外交使節或與國家有相當程度關係的人物，其他種族的人都無法進入其中，所以就算是商人也很難知道內部的情報。而且矮人們多半口風都很緊啊。」

「關於繼承問題的詳情就請恕我不多講，但總之就是國家內部處於拿出武器流血廝殺的事件都有可能發生的緊張狀態。」

「嗚哇……」

骨肉相爭變得嚴重雖不是稀奇事，但連武器都搬出來就相當糟糕了。

沒處理好搞不好就會爆發內戰，然後落敗的一方便慘遭滅族。應該就是這樣的等級。

「兩百年前被《谷之國》收容的《黑鐵之國》難民並不少。雙方即使隔著《中海》還是互有交流，當中也有親屬家人。因此每當發生爭鬥時……便會有人動腦筋要如何拉攏國內那些原為《黑鐵之國》人民的集團並加以利用。」

「哦哦。」

只要能把身為《黑鐵之國》最後王族的祿拉攏為自己人，在王位繼承競爭中就能把原為《黑鐵之國》的人民們拉到自己這一邊。

這對祿來說是很危險的狀況。

恐怕他周圍的人們也是這麼想——

「所以為了不要把你捲入其中、嗎？」

「我想大家會把我送出來，應該也是有那樣的顧慮吧。當時我們幾乎等同於漏夜逃亡。」

對於《黑鐵之國》的人民來說，他們絕不希望自己最後的王族被捲入《谷之國》的繼承爭端之中而喪命。

因此大家找了個藉口，把祿與期望回到故鄉的老矮人們一起偷偷送出國避難。大概就是這種感覺吧。

……祿的人生也是起伏多端啊。

「因此那婚約今後還算數與否都要看繼承之爭最後的結果，難以確定。我也不知道究竟會變得如何。」

「如果還算數，你會高興嗎？」

「……我不知道。」

聽到我這麼詢問，祿稍微思考了一下。

「《谷之國》的矮人們對男女關係相當嚴格，我和那位對象其實也不怎麼親近。因此要跟我說婚約什麼的，我也沒什麼概念……只是希望對方能平安無事就是了。」

不知不覺間，本來只是隨興聊聊天的氣氛意外地變得嚴肅起來。

「……祿先生，我下次到《白帆之都》去的時候，會順便探聽一下《谷之國》的情勢。」

「那我也、呃……去跟北方來的那群冒險者們委婉探聽一下吧。」

「托尼奧先生，梅尼爾先生，謝謝你們……」

梅尼爾與托尼奧先生說著對祿露出微笑，祿則是對他們深深鞠躬。

「什麼父母什麼親族的，結婚這檔事真的有～夠麻煩的啊。」

為了放鬆變得沉悶的氣氛，梅尼爾笑著如此說道。

「說得也是，真的很辛苦呢……啊，這麼說來我還沒見過安娜小姐的父親，聽說是《白帆之都(White Sails)》的神殿長是嗎？」

祿也笑著如此回應……

「希望對方是個溫柔的人，願意接受那兩人的婚事啊！」

「…………」

「…………」

「…………」

他不經意講出口的這句發言，讓現場被一片沉默籠罩。

對啦。這麼說來我差點都忘了。

「咦？呃、那個……？」

面對這樣若有深意的沉默，祿感到混亂地看向大家的臉，可是我們都陷入沉思，沒有餘力回應他的疑惑。

沒錯，是巴格利神殿長啊。

雷斯托夫先生挑戰結婚許可的對象，是**那個**巴格利神殿長啊。

在這個世界，男女婚事上獲得父母親許可是相當重要的事情。

「……對方會有什麼反應呢？」

「應該會大吼大罵吧？」

「或許反而會很冷靜地接受也說不定。」

「…………」

完全無從預測。

《貫穿者》雷斯托夫對上巴格利神殿長。

不知不覺間，從未想像過的對戰組合出現了。

◆

就這樣擔心著兩人的將來究竟會如何，到了隔天。

早上我依舊先向神明禱告之後，開始鍛鍊。

畢竟不論發生了什麼事情，到頭來最重要的終究是日積月累下來的東西。

「四……！……五……！」

在早晨的庭院中。

我緩緩吐氣的同時，左右手各握一條綁有石塊的訓練用繩子，舉到胸口前。

這石塊雖然只有大約嬰兒頭的大小，不過上面刻有讓東西增加重量的《記號》，並且在鍛鍊前把瑪那凝聚在上面。

粗繩子軋軋作響。

石塊重得驚人。

就算是我也沒辦法立刻舉起來，必須擠出渾身的力氣緩緩往上舉。

祿也在我旁邊汗流浹背、滿臉通紅地舉著石塊。

「九！……十……！」

「唔、嗚嗚嗚……」

每當舉起石塊時，繩子就不斷發出軋響。

肌肉都在哀號著，已經到極限了。

但我還是咬緊牙根不予理會。

「再加、把勁……！」

「好、的……！」

就這麼舉了大概十幾次後身體真的到了極限，於是我和祿把石塊放回地面。

隨著沉重的聲響，繩子與岩石落到地上，稍微沉了下去。

「呼哈……」

「吁……！吁……！」

我們兩人都癱坐下來，調整呼吸。

一開始的跑步和柔軟操都做完之後，我們就用這幾塊刻有《記號》、擁有殺人級重量的石塊不斷折磨全身上下的肌肉。

可以感受到遭受虐待的肌肉都在發熱。

這是訓練有確實發揮效果的證據。

我們感受著全身發燙，連講話的餘力都沒有，休息了大約一百秒之後——

「好！再來一輪吧！在這時候繼續堅持下去是很重要的喔！」

「好、好的！」

我再度站起身子如此說道。

祿也跟著我站了起來。

接著我們又用各種姿勢再來一輪，把石塊一下往上舉，一下往上抬，一下往上拉。

我和祿再度癱坐到地上，調整呼吸——

「……好！再來一輪吧！」

「…………」

疲憊不堪的祿當場眨眨眼睛……

「請問這句話剛才也講過了吧？」

他終於忍不住大叫了。

「在這時候繼續堅持下去是很重要的喔！」

「這句話我剛才也聽過了啊！」

嗯，說得也是。

但這是很重要的事情。

我拍拍祿的雙肩，看著他。

「祿，你聽好。」

「……是，請說。」

「世界上再沒有任何事情比把重物從地面上舉起來更有趣喔？」

聽到我一臉嚴肅地這麼說道後，祿當場露出「在跟我開玩笑吧？」的表情。

「至少在鍛鍊的時候就是要這樣催眠自己。來，笑一個？」

「世、世界上再沒有任何事情比把重物從地面上舉起來更有趣了！」

就這樣，我們兩人都很刻意地擠出笑臉、鼓起幹勁，再來一輪。

當我把自己逼迫到極限的再極限時……

「………嗚嗚。」

祿已經徹底雙眼打轉，累癱在地上。

◆

「今、今天您還真是、有幹勁呢……」

「啊～……抱歉，一不小心就。不好意思讓你這樣陪我。」

後來我們又徐緩地擺了幾個槍術套路順便消解疲勞，最後再用前端包了布與綿的棒子練習對打。

跟著我硬撐到最後的祿已經連站都站不穩了。

大概是跟雷斯托夫先生那場決鬥的影響吧。我也覺得自己今天有點熱衷過頭了。

畢竟也有過勞的可能性。鍛鍊過度反而不是一件好事。

「但話說回來，真虧你能夠堅持跟我到最後啊。」

「……是！」

或許一方面也是因為矮人耐操的種族資質，不過祿的肌力和持久力已經相當優秀了。

很明顯可以知道，即使我沒辦法看他練習的時候，他也都沒有懈於鍛鍊。

「之前在山中的連續戰鬥讓我深切體會到了，在疲憊不堪的時候依然能繼續戰鬥有多麼重要。」

我點點頭回應他這句話。

在並非萬全的狀態下依然能夠發揮一定程度的戰鬥力，真的是很重要的事情。

如果是體育競賽，還可以調整讓自己在比賽當天處於最佳狀態面對競爭對手。

但實戰就不保證可以在萬全的狀態下進行，甚至不是在萬全的狀態下戰鬥的情形還比較多。因長途行軍或連續戰鬥造成的極度疲勞，食物與水的缺乏，受傷或疾病——即使在那樣的狀況下，戰士仍然必須揮動重量不輕的武器，一次又一次打擊敵人的身體或敵人架起的盾牌。

在非萬全狀態下的戰鬥才真正考驗實戰的本領，而為此所需要的正是肌肉。

精密的招式必須考慮到技巧組合、出招時機或條件等等，要想的事情太多了。

然而憑藉蠻力的連續攻擊即使在疲勞到腦袋變得模糊的時候也還是可以辦到。

隨意狂放普通技造成十足威脅的『隨便而單純的強度』有時候是能夠超越『精巧而複雜的強度』。

更何況——

「肌肉力量只要多吃多鍛鍊，任誰都能夠獲得。」

出色的技術需要某種程度的才華，並不是所有人都能夠全部學會。不過肌力和持久力是即使稍微笨拙一點，只要沒有體質上的問題就任誰都能鍛鍊出來。

我認為所謂武術的精髓，或許意外地就存在於這樣的部分。

「所以每天一點一滴加油吧。雖然我不在的日子很多，但你也要自己下各種功夫持續鍛鍊。」

我有點正經八百地如此說道後……

「──那麼今天就到這邊，解散！為了不要讓鍛鍊成果白費，記得早餐要多吃一點喔。」

宣告今天的鍛鍊就到此為止。

接著目送祿搖搖晃晃走向屋內之後，對現場留下的許多石頭依序施予《消除的話語》。

畢竟要是地上有好幾顆異常沉重的石塊，誰也不曉得會成為什麼意外事故的原因。

而且這也可以順便兼作魔法練習。

我用嘴巴詠唱《消除的話語》，同時也用手書寫《消除的話語》。

或是一隻手書寫《消除的話語》的同時，另一隻手則輪流書寫《光(lumen)》與《暗(tenebrae)》的話語互相抵消。

施展魔法的多重投射所需要的，同樣也是日積月累的鍛鍊。

就在我把刻在石塊上的《重量（pondus）》的《記號》一一消除的同時，腦海中又不經意思考起雷斯托夫先生與安娜小姐的事情。

我後來想過了很多，但還是覺得巴格利神殿長應該會動怒。

那個人不管再怎麼說，都是個信仰虔誠而有常識的人物。

即便雷斯托夫先生以一名冒險者來說名聲響亮個性又認真，但他外觀蓬頭散髮、滿臉鬍子，目光凶猛銳利，明顯不是普通人且年齡不詳也是事實。

我想神殿長應該不會想要把自己女兒交付給這樣的人物吧。

「——……」

然而，雷斯托夫先生是我的朋友。

如果他說要放下自己的劍，我很樂意為他盡量介紹一份好工作，也願意幫忙他說服巴格利神殿長。

雖然我面對那個又胖又愛生氣的神殿長大人也是同樣抬不起頭，不過就想辦法低頭求情——正當我想到這邊的時候……

「還真是靈巧啊。那有什麼訣竅嗎？」

從我背後忽然傳來聲音。

是我熟悉的聲音。

「這是我不斷訓練自己才勉強學會的啦。」

我用雙手描寫著幾個記號，同時頭也沒回地如此回答。

只要再處理幾顆石塊就能告一段落了。

「我剛開始是從右手在空中畫圓，左手畫四方型開始的。」

「唔……感覺可以做到又做不太到啊。」

「對吧？」

我說著，用右手指書寫《消去的話語》的同時，用左手在空中描寫出使效果範圍擴大的《話語》。

凝聚瑪那的手指放出微弱的光芒，在虛空中寫出文字。

對發出的話語事後加以否定意義的《消除的話語》，輕易就讓刻在石塊上的《記號》效果消散了。

刻在石塊上的那些《記號》為了在事後能夠輕鬆消除，本來就沒有把強度設得很強。

「我剛開始也是失敗連連，被祖父罵得——」

我一邊說著，一邊轉回頭——頓時瞪大雙眼。

在我眼前的並不是什麼蓬頭散髮、滿臉鬍子，目光凶猛銳利又年齡不詳的男人。

而是剪了一頭清爽的短髮，鬍鬚修剪整齊，感覺充滿自信的年輕人。

身上穿著一套白色獸皮看起來很溫暖的北方風格正式禮服。

「——呃、咦？」

難道是聲音很像的不同人物嗎？

首先浮現我腦海的是這樣的想法……

「是我。」

不過對方帶著苦笑發出的聲音又把我拉回了現實。

「呃……」

這位看起來毫無疑問是二十多歲，長相有如貴公子的人物……

「——是雷斯托夫啦。」

用那人的聲音，報出了那人的名字。

「咦咦咦咦咦咦——！」

我發出驚愕的叫聲。

接著安娜小姐從雷斯托夫先生的背後露出臉來，淘氣地吐了一下舌頭。

「很厲害對吧？是他跑來拜託我幫忙剪頭髮……不過我也嚇了一跳呢。」

「這、這應該不只是嚇一跳而已吧！」

「呵呵呵——另外，關於上次的事情真的非常感謝你。似乎給你添了不少麻煩……」

「啊，哪裡哪裡，請不用客氣——」

就在我和安娜小姐如此交談的時候……

大家聽到我的叫聲而好奇地聚集過來，然後果然每個人都睜大眼睛，發出了驚訝的聲音。

「…………你騙人的吧，喂。」

梅尼爾一見到雷斯托夫先生就當場呆住……

「哦哦，這件外套相當不錯。」

「這是我老爸的遺物。是我要離開故鄉的時候，舅舅跟著劍一起交給我的。」

「白雪貂熊的冬毛禮服是嗎……哎呀~這是相當稀少的珍品啊，讓我大飽眼福了。」

托尼奧先生看著雷斯托夫先生身上的服裝，發出讚嘆的聲音。

「哇！雷斯托夫大人，這打扮相當適合你呢！」

祿則是很率直地稱讚雷斯托夫先生那充滿品格的模樣。

「哦……」

稍微露臉的葛魯雷茲先生雖然話語不多，但也表現得很佩服的樣子。

……真的是很驚人的變身。

「這下他看起來比聖騎士大人更像聖騎士啦。」
「啊！好過分！」
「嘻嘻嘻……不過話說回來，這樣面對那個臭老頭應該也沒問題了吧？」
「啊……」
確實，既然容貌都整理得如此整齊了……
聽到梅尼爾說的話，雖然我腦中也一瞬間閃過這樣的想法，但我接著又搖搖頭。
「巴格利神殿長沒有那麼天真啦。」
那人物並沒有天真到只是修整了儀容就能夠蒙混過關的程度。
「說得也是。」
雷斯托夫先生對我的看法也點頭表示同意。
「首先找個正當的工作，每天認真生活之後再前去拜訪請求結婚許可，才是比較正確的做法吧。」
真是有道理到不行的一句話。
雖然難以想像這是追求名譽與榮耀而積極挑戰過各種怪物的《冒險瘋子(madman)》會說出的發言——不過我認為「既然要做就要做到底」的認真態度很符合雷斯托夫先生的個性。
「因此，以在場的各位做為證人，我有一事相求。」

「——咦？」

我疑惑歪頭之後，雷斯托夫先生緊接著在我面前單腳跪下。

「《世界盡頭的聖騎士（Paladin）》威廉．G．瑪利布拉德。高舉燈火的戰士。《花之國（Lhoth dhol）》與《黑鐵之國》的解放者。通曉古老《話語》的智者。女神們所愛之人。

——挫敗飛龍（Wyvern），刺穿奇美拉，最終甚至討伐了邪龍的當代英雄啊。」

我有聽布拉德講過。

這是相當古老的文言。

「吾名作雷斯托夫，生於遙遠北方《冰之山脈》的《雷神之窯》，乃奈拉夫之後裔。無知無學，不曉禮數，只顧追求閃耀的榮光明星，放浪為生的墮落者。為獲得所愛之人，如今甚至連劍也丟下，空無一物。」

連串稱頌對方的美名，讚嘆對方的功績。

然後謙虛地述說自己的來歷。

「雖無力無才，但若有幸能成為閣下眾臣之一，實乃無比光榮。」

毫無疑問，這是遵循自古以來禮節形式的**求官言詞**。

「…………」

我驚訝得一時之間講不出話來。

「——你不需要我嗎？」

「不！並沒有那種事情。」

甚至應該說雷斯托夫先生就算放下了劍，也依然是個優秀的人才。

他不但人脈廣闊，見聞豐富，而且能夠和各種階層的對象進行交涉，又懂得好幾種技能。

我只是萬萬沒有想到他居然會向我求官，畢竟我根本沒辦法為他準備什麼特別優渥的待遇。

「呃，請問你為什麼要選擇找我？」

「……反正既然都要低頭效力，當然要找個值得俯首低頭的對象不是嗎？」

聽到我的詢問，雷斯托夫先生便抬起頭看向我，咧嘴一笑。

那一臉教人愉快的笑容，讓我也忍不住露出苦笑。

安娜小姐則是用交雜各種感情，不過很柔和的表情看著我們兩人。

就在這樣一個平凡無奇的早晨。

——雷斯托夫先生輕輕放下了他的劍。

◆

迎接新的一年後又過了幾個月，來到春季。

這裡是《白帆之都》的神殿中，位於深處的一個房間。

石頭建造的寬敞房間裡排列有後幾張桌子與閱讀架，牆壁的書架上也放有大量的紙張與卷軸，然而比起莊嚴的感覺，更給人強烈的雜亂印象。

金錢的收支紀錄與年度行事曆的管理，關於各神殿的人事紀錄，各種活動的邀請函與名單製作，其他諸多資料文件。

這間辦公室可說是《白帆之都》大神殿的公務中樞。

平常總是有許多神官們交談吵雜的這個房間中，現在卻是鴉雀無聲。

——在辦公室最深處的一張最大的桌子後面……

安娜小姐的養父巴特・巴格利神殿長豐腴的身子上穿著裝飾有金絲銀線的豪華神官服，有如一塊巨岩般沉穩地坐在那裡。

身穿白色毛皮禮服的雷斯托夫先生則是在安娜小姐的陪伴下挺直站在桌子前方，將手放到自己左胸上——

「岳父大人。」

「我可沒道理讓你這傢伙稱作岳父！」

神殿長大喝一聲，甚至讓人的皮膚都顫抖起來。

或許一方面也是因為聽說雷斯托夫先生是來求婚而想看熱鬧的緣故，錯失起身離席的時機而變得難以退場的可憐神官們都當場被嚇得縮了一下身體。

雖然巴格利神殿長從平常就總是一臉躁怒的表情，但今天看起來更加煩躁。額頭邊都冒出青筋，隨脈搏不斷跳動。

「誆騙了安娜的冒險者就是你這傢伙嗎！」

「父親大人！他是——」

「安娜，妳閉嘴！」

神殿長大叫的同時，用拳頭「砰！」地捶了一下桌面。

安娜小姐被他那樣強硬的態度嚇得抽了一口氣，不過……

「這個人已經不是冒險者了！」

「還不是一樣的意思！這個丟臉的丫頭，竟然迷上這種來路不明的男人！」

「——！」

就在她依然開口反駁的瞬間，巴格利神殿長帶著怒氣大吼一聲。

「冒險者?身分來路不明的冒險者?……我怎麼可能會允許！」

神殿長大叫的同時，抓起陶製的水壺用力一擲。

水壺驚險飛過安娜小姐旁邊，撞在牆壁上當場破碎，灑出裝在裡面的水。

辦公室裡的其他女性神官們——我記得她們也是巴格利神殿長的養女，可算是安娜小姐的姊妹們——頓時小聲尖叫。

而我則是稍微站在雷斯托夫先生與安娜小姐的後方，靜觀他們的互動。

雖然我是姑且為了保證雷斯托夫先生的身分與人格而跟來的，但這是屬於他們之間的會面，我不該表現得太顯眼。

——可是巴格利神殿長的視線卻也落到了我身上。

「這個菜鳥小鬼頭，你也一樣！我把女兒託付給你，你卻搞出這種名堂來，是要怎麼給我個解釋！」

「我並沒有必要解釋。這位勇士——雷斯托夫先生的人品可匹配成為令千金的夫婿。」

我筆直回望對方瞪過來的視線，如此回應。

「……哼，魔法師，你這樣講好嗎？撒謊可是會削弱《話語》的力量喔？」

巴格利神殿長對我的發言嗤之以鼻後，將身體重新深坐到椅子上。

豪華的椅子頓時發出一聲嘎響。

接著，神殿長便閉上了嘴巴。

沉重的寂靜籠罩現場——

「岳父大人。」

這時，雷斯托夫先生再度開口。

巴格利神殿長則是把雙手交抱胸前，只把視線轉向雷斯托夫先生而不回應。

「您說不能讓女兒嫁給一個來路不明的流浪冒險者，實為理所當然。因此我已仕官於聖騎士大人底下，今後不再從事危險的冒險——」

「哈！那事我早已經說了。但只不過是把劍封印了幾個月而已，有什麼說服力。」

「您這懷疑同樣是理所當然。因此只要您要求，我願意對這座神殿中的諸神們立下無論多強力的誓言。」

「…………」

聽到他這句話後，巴格利神殿長沉默了。

這裡所說強力的誓言，指的是像「倘若違背誓言，願受天打雷劈、碎屍萬段。」之類的內容。

在這個神明確實存在、《話語》帶有力量的世界中，要立下這類的誓言必須抱有相當程度的覺悟。

雖然即使違背了誓言也不一定真的就會如內容所說遭到天譴，但神明們有那個意思讓天譴成真的可能性也同樣不可忽視。

反覆立下各種玩弄神明般的誓言，最後慘遭天譴的故事，在這世界可說是童話的常見橋段。

對於沉默的巴格利神殿長，雷斯托夫先生又開口繼續講了下去。

他把手放在左胸上說話的那個動作，是代表「賭上自己心臟」的意思。

今天的他捨棄了平常寡言的態度，顯得相當多話。

「岳父大人——我深愛著安娜，即便需要付出任何代價都在所不惜。雖然我尚不成器，但我願用我的一輩子讓安娜幸福。」

平靜的語氣可以讓人感受到他的真誠。

「若有任何問題，我會逐一全部解決。只要我能力可及，我願捨棄或得取任何的東西。」

雷斯托夫先生往前踏出一步。

「——懇請您允許我們結婚吧。」

說著，緩緩把頭低下。

真是充滿熱情的求婚臺詞。

辦公室裡那些安娜小姐的姊妹們都紛紛掩著嘴巴發出興奮的叫聲。

已經徹底化為觀眾的我也忍不住入迷地聽著雷斯托夫先生這段漂亮的發言。

雷斯托夫先生與安娜小姐有如互相扶持般一同面對著神殿長的背影，讓我感到無比美麗。

「…………」

然而，巴格利神殿長即便聽完這樣的發言，看到他們那樣的身姿，臉上頑固的表情也依然沒有放鬆。

「……如果。」

這時，神殿長的語氣改變了。

從原本大聲怒吼，變成平靜但低沉的聲音。

「……如果我還是不允許，說我就是看你這傢伙不順眼，你要如何？」

「無論幾次我都會像這樣前來懇請您許可。」

「你們身分不同。安娜即使沒有直接的血緣關係，也是我的女兒。我可以為她安排比你更富有、更高貴的結婚對象，要多少有多少。」

「我會比任何人都要愛著您的女兒，讓她過得幸福。」

「那麼——」

我看到巴格利神殿長的眼睛彷彿發出冰冷的光芒。

「——如果我說我還是不允許。我要把安娜關在神殿中，把你從這裡趕出去，並宣布今後禁止你出入這裡。你要如何？」

房間裡的溫度都好像下降了。

「管你是要賴坐在門前，要拜託站在那邊的聖騎士來幫你講話，甚至請動了王弟殿下前來，我都不會改變主意。我要將安娜送回《草原大陸》，讓她嫁給合適的對象。」

他這帶有強烈壓迫感的聲音，有如真的帶有物理性的壓力。

「畢竟現在有個混帳男人想對我女兒出手，這樣的對應很恰當吧？而我實際上也確實有此打算──像這樣的狀況下，你要怎麼做？你又能做到什麼？」

巴格利神殿長的雙眼就像深海中游動的鯊魚般冰冷無比。

但即使面對神殿長那樣的眼神──

雷斯托夫先生依然挺直著身體。

「若您問我能做到什麼……」

「──我可以將她擄走。」

◆

雷斯托夫先生把手伸向安娜小姐的腰，將她抱近自己。

「不論岳父大人將安娜關到什麼地方，我都會把她找出來，將她擄走……然後讓她過得比誰都幸福。僅此而已。」

聽到這樣斬釘截鐵的發言，神殿長的表情頓時扭曲。

「你這傢伙……膽子還真大啊？」

「世上會有什麼男人不做好徹底的覺悟就求婚的嗎？」

對於始終表現高壓的神殿長，雷斯托夫先生的回應相當平靜。

雖然平靜，但聲音中充滿力量與決心。

巴格利神殿長聽到這句話後，沉默了一下──

「哼。」

接著再度嗤之以鼻。

「搶婚、嗎──你若辦得到就試試看吧。」

「……可以嗎？」

「我可沒讓你搶走的意思！不過你要來搶是你的事情！我管不著！」

不知不覺間，巴格利神殿長的聲音稍微變得柔和下來了。

──搶婚。綁婚。

這在前世也是世界各處都曾存在過的習俗。

「話雖如此──」

無論在前世或今生的世界，搶婚都帶有各式各樣的性質。不過……

「但前提是你必須要有同伴，甚至願意對反抗神殿的綁架行動提供協助，而且還要準備好屋子可以把安娜藏起來就是了！」

神殿長這句話所暗示的——嗯。

就是這麼一回事吧。

而且總覺得巴格利神殿長在大吼的同時又用眼神朝我的方向叫著「你知道該怎麼做吧！明白嗎！」的樣子，所以絕對沒錯。

「——安娜，妳留在這裡！至於叫雷斯托夫的，你立刻給我滾！」

不許你再過來！

巴格利神殿長如此說著，把雷斯托夫先生趕出房間。

於是雷斯托夫先生和安娜小姐對望一段時間後，默默對巴格利神殿長深深鞠躬，自己走出了神殿。

「哼。」

神殿長目送那背影到最後，又很不悅地用鼻子哼了一聲。

接著把留在辦公室裡的神官們叫過來，指示他們將安娜小姐軟禁起來。

……而且還當著我的面，把要將安娜小姐關到哪個房間都講出了口。

就這樣，等到除了我和神殿長以外的所有人都離房之後——

「嗯？哦哦對了，還有你啊。你實在太沒有存在感，讓我都給忘了。」

巴格利神殿長一副「我總算想起來啦」似地把眼睛看向我。

「——你還真會給我帶麻煩事來。」

「我帶來的是喜事一樁，應該感謝我才對啊。」

「聽你說笑。」

我們稍微開了一下玩笑後，神殿長口氣一轉。

「……你知道怎麼做吧？」

「我會巧妙處理，不會讓任何人受傷。」

聽到我壓低聲音如此回應後……

「哈！我可聽不懂你在講什麼。」

巴格利神殿長非常裝模作樣地這麼說道。

「哦哦對了，另外，下面這段話只是我的自言自語。」

「是。」

「這世上似乎有人為了一個女人，把甚至能砍斷龍鱗的劍都給捨棄掉。你不覺得實在愚蠢至極嗎？」

「…………」

「……若已經沒有要刻意去冒險的意思，就算把劍帶在身上以備萬一也不會有人責備什麼啊。哼，愚蠢……實在愚蠢。」

我什麼話也沒有說，只是靜靜聽著並點點頭。

畢竟這段發言是自言自語，我如果開口回應也太奇怪了。

「聖騎士啊……我說。」

「是。」

「呃，該怎麼講……那丫頭個性就是正經八百又死腦筋，而且又有凡事退後一步讓給別人的一面。哎呀，總之就是很不擅於得到幸福的那種人。」

神殿長的眼神彷彿眺望著遠方，如此說道。

平常總是板著一張臉的他，此刻看起來卻莫名寂寞的樣子。

「但那傢伙竟說要讓她過得比誰都幸福。哼，真敢講大話。」

「…………」

「……你替我轉告一聲：一切都交給他了。」

我聽到這句話，便用力點了一下頭。

◆

後來的事情其實並沒有什麼需要特別著墨的地方。

我和雷斯托夫先生以及包含梅尼爾在內的幾名協力者，輕易就從神殿中把安娜小姐給搶了出來。

畢竟這次綁架行動的成員們可都是參加過邪龍討伐的人物，更重要的是當時留在辦公室的那些安娜小姐的姊妹們事先已經若無其事地把這次的事情傳達給神殿的其他人知道。

因此對方不但無力阻撓，也打從一開始就沒有阻撓的意思。

甚至有一位負責擔任警衛的神官戰士稍微察覺到我們入侵的瞬間，就刻意開口說出「我忽然想禱告一下」這種話然後走進禮堂，讓我都忍不住苦笑。

想當然，安娜小姐也完全沒有抵抗，甚至表現得非常合作，讓我們一點苦頭都沒吃到。

雖然這姑且算是非法入侵加上綁架行為，但神明大人應該也會原諒我吧……畢竟祂還透過啟示告訴了我比較好入侵的出入口啊。

我是沒有勇氣詢問祂「祢是不是意外地喜歡看人家談戀愛之類的？」這種問題啦，不過神明大人似乎其實很有幹勁的樣子。

……不管怎麼說，總之我們就這樣將安娜小姐搶出來後，把她帶回了《燈火河港（Torch Port）》。

當那兩位在領主館旁邊的一間小房子開始過新生活的時候，一名對安娜小姐來說算是弟弟的神官先生來訪表示自己是「來把安娜帶回去的使者」。

然而在我出面設宴款待，並請他喝了幾杯酒之後，他便演技笨拙地說出「我醉了。被收買了。」這樣一句話，笑著打道回府了。

接著過了一段時日，我們收到神殿長寄來的信件表示：

——雖然這是一場實際上不可被原諒的婚事，但小女被強硬奪走，前去帶人回來的使者又遭到拉攏收買，已讓人束手無策。

——因此本人無可奈何之下，只能答應這場婚事。

相對於讀起來彷彿憤慨難耐的文字內容，筆跡倒是非常地柔和。

「…………」

搶婚、綁婚這樣的風俗因為同時也會成為惡質的綁架或強姦等行為的溫床，所以在前世隨著人權意識的普及而逐漸消失。

不過在像這樣的時代，如果有循著健全的形式發揮機能，也可以是非常溫柔的一件事。

即便身分不同，或是無法準備聘金，只要當事人之間心意相通，加上周圍的朋友們願意協助就行了。

「既然人都被搶走了，那老頭也只能摸摸鼻子接受吧。」

梅尼爾手拿酒杯笑著如此說道。

「說得也是，既然都被搶走那也沒辦法啦。」

而我也笑著點頭回應。

春季的一日黃昏。

在鋪有稻草的領主館大廳中，我們舉辦了一場小小的宴會慶祝雷斯托夫先生與安娜小姐的婚姻。

牆上掛滿色彩鮮豔的布簾，前來祝賀的賓客們多到甚至必須用臨時搬來的大量桌椅坐到庭院，顯得相當熱鬧。

頭戴野花編成的花冠與面紗，臉上化了淡妝的安娜小姐在大廳深處笑著。

穿著那套白色毛皮禮服的雷斯托夫先生雖然還是老樣子沉默寡言，不過表情看起來非常柔和。

宴會現場響起歌聲，祝福相依的兩位新人。

充滿感情開嗓高唱的，是以蒂娜小姐為首、從《花之國(Lhoth dhol)》來訪《燈火河港(Torch Port)》的精靈們。

至於演奏著樂器的，是紅髮的吟遊詩人羅碧娜。

「仰首望白雲　悠閒居河畔
錦衣佩玉帶　夢也未曾思
茅梗為屋頂　鮮花遍野開
榮枯或興衰　皆與我無關
草房雖簡陋　自有樂可尋

貧乏度生活　心意仍永存
即便得富貴　羈絆亦不忘」
蒂娜小姐們輕聲唱起描述夫婦雖然貧窮但也過得幸福的古代七行詩。
碧則是配合曲子結束的同時，靜靜撥響三弦的雷貝克琴。
現場接著一片沉默，就在餘韻緩緩消散的瞬間——
「哇哈～！恭喜兩位結婚——！」
碧笑著如此大叫，高舉酒杯。
雖然這已經不知是第幾次了，但大家還是一點也不厭煩地附和「恭喜！」且舉起酒杯。
歌曲結束後，以祿為首的矮人們便高喊「祝賀兩位成婚！」並抱來了什麼東西。
「唉呦！謝謝大家。」
安娜小姐開心地笑了。
那些東西有鐵鍋，有大大小小的壺，有寫字桌，有長櫃子——多數都是矮人製作的耐用生活用品。
然而當中唯獨葛魯雷茲先生帶來的東西不太一樣。
——他帶來的禮物，是一根全新的釣竿。

「咱們必須證明給梅尼爾大人知道，咱們並不是不會釣魚啊。」

對於葛魯雷茲先生一臉認真的這句發言，雷斯托夫先生也「是啊。」地嚴肅點頭，惹得眾人哄堂大笑。

恭喜。再恭喜。大家一次又一次地舉杯祝賀。

人人都在笑，看起來無比開懷。

花燭之宴。好朋友的結婚典禮。

沒有特別豪華，也沒什麼特別與眾不同的部分，只是一晚的婚禮宴會。

然而，那是我上輩子從未得過的東西──

「……恭喜兩位！」

伴著湧上心頭的思緒，我高舉酒杯，用全心全意大叫出了祝福的話語。

3：聖騎士與詩人的故事

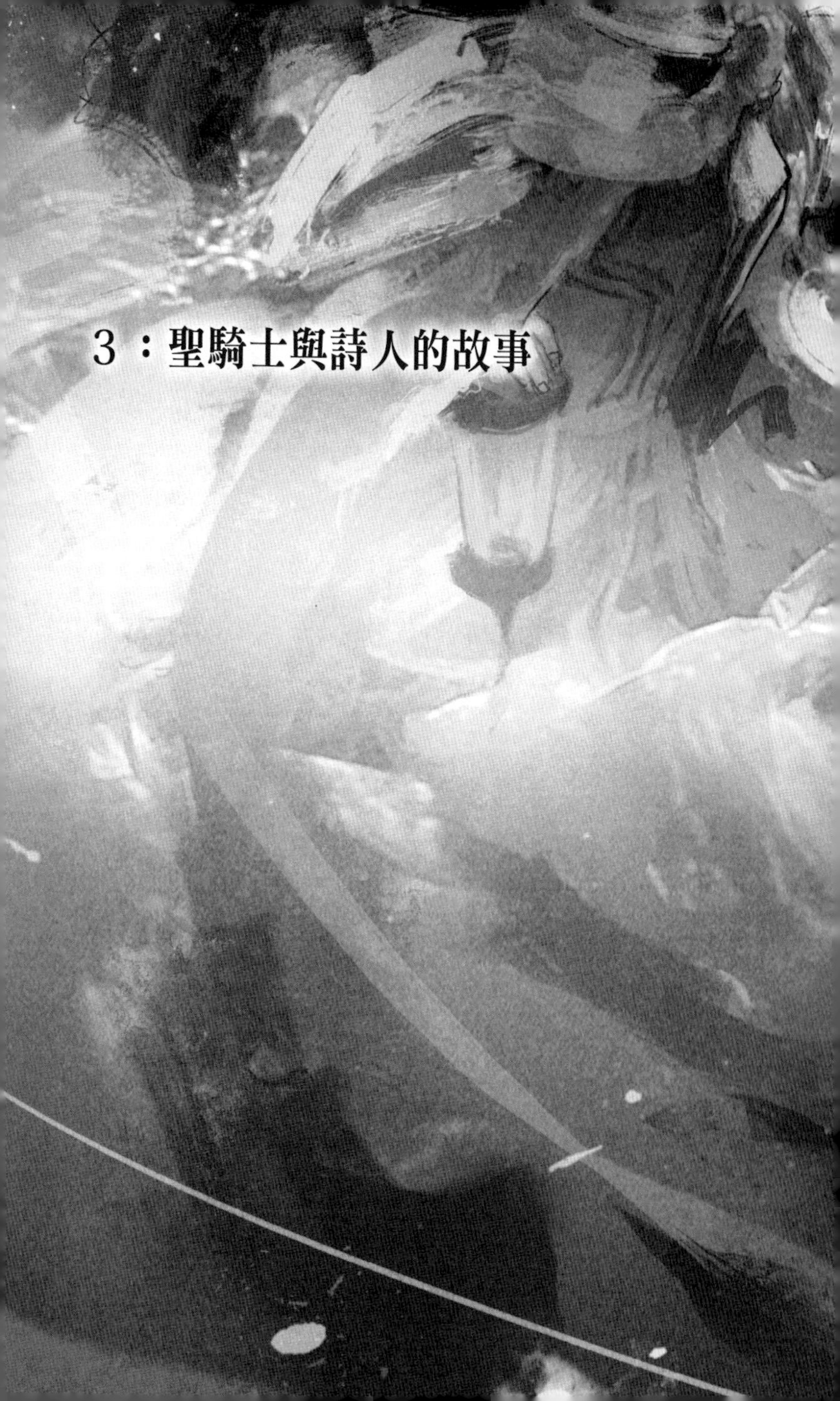

「呼哇，好冷好冷！」

「真冷啊！」

時間往前回溯，來到冬季。冬至過了幾天後的早上。

穿著一件附兜帽外套的我，與身為朋友的一名吟遊詩人——碧一起走在《白帆之都》(White Sails)的路上。碧雖然平常都喜歡穿輕便的服裝，但似乎很怕冷的樣子，因此現在身上穿著一件毛茸茸、蓬鬆鬆的厚外套。

配上半身人特有的幼童般身高以及她一頭柔軟的紅髮，讓她看起來就像兔子之類，給人一種可愛小動物似的印象。

……昨晚下過的雪還薄薄地積在道路上。街道邊可以看到小孩子們興奮地玩著丟雪球之類的遊戲。

在氣候溫暖的《南邊境大陸》(South mark)很難得會有這樣一片銀白色的風景。

平常已經看慣的街道都被雪覆蓋成整片白色，簡直就像是誤闖到什麼異世界一樣。

「好難得會下雪呢～哇哈～！好漂亮！」

碧的腳步輕盈，如跳舞般踏在雪上，快步往前走了幾步後，逗人開心似地轉回身子對我笑了一下。

因為昨晚下的雪難得積得這麼多，所以我才會和在旅館大廳巧遇的碧一起出來欣賞街景的。

白雪覆蓋的港都情景充滿夢幻的感覺，讓人彷彿身處夢境。在遠處的海面上可以看到幾艘船張著白色的船帆。

「——冬至祭典，你玩得開心嗎？」

「我玩得很開心啊，不過也好累。」

「畢竟威爾在立場上必須注意很多事情呢～像是要笑咪咪地去跟各種高官貴人們打招呼，那肯定沒有表面上看起來那麼輕鬆吧。」

「嗯。多虧梅尼爾幫我挑了衣服，還有巴格利神殿長的協助，我才勉強撐過來了。」

「哦！你們準備了新的禮服嗎？」

「對啊，像梅尼爾就是全身以黑色為基礎，穿起來超帥氣喔。」

沉著穩重的黑色緞子禮服配上鹿皮靴子，然後把頭髮整齊綁好的梅尼爾，看起來就連真正的貴公子應該都會自嘆不如吧。

「哇，我好想看看喔～畢竟梅尼爾就只有那張臉超有魅力的！」

「喂喂喂，真是的，怎麼可以講他只有那張臉啦！……倒是碧有賺到錢嗎？」

「嘿嘿～屠龍詩歌讓我大賺錢，到處都搶著要我去唱呢！」

一陽來復，冬至這一天是這個世界最大的節慶。

一年之中白天時間最短的冬至是一年與一年的分隔線，換言之就像前世所謂的元旦。

每天織布編繩，吃著一成不變的餐食，在暖爐邊等待春季到來——這個時代的冬季少有娛樂，因此冬至可說是非常貴重的節日。

無論在農村還是在都市，人們都會盛大慶祝。

我從還住在故鄉死者之街的時候就聽布拉德、瑪利與古斯描述過這個節慶有多熱鬧，但果然只是聽聞與親眼見識之間還是有很大的差距。

——在冬至的早晨。

確認太陽升起之後，在農村會有專門負責的人到處呼喊報告，在都市則是會敲響鐘聲。

神殿、禮堂或小廟等地方會屠宰家畜或貢上鮮花，對神明們表示感謝。在廣場也會堆起從森林中砍來的樹木，盛大燃燒營火並跳舞作樂。

當然，屠宰的豬、牛或雞就會化為當天晚上的美食，讓人們配酒又喝又唱，好不熱鬧。

藝人們自然不會放過這個好機會，到處賣藝大賺一筆。街道邊也會擺起一間又一間的攤販，誘惑來來往往的行人。

有錢有勢的人們則會在自己家設宴招待相關人士，慰勞大家平日的辛勞或是向大家表示感謝，以強化彼此的關係。

——像這樣精采熱鬧的各種活動會從冬至前就開始連續好幾天。這就是這個世界慶祝冬至的祭典。

為什麼需要搞得這麼喧鬧呢？

據說那是因為冬至是太陽的力量最弱的一天，也就是邪惡的存在會增加力量，企圖侵犯善良領域的日子。

所以人們要焚燒營火，向神明獻上祭品，祈禱太陽能夠恢復力量的同時，靠各種明亮而熱鬧的活動牽制邪惡的存在。

雖然這些聽起來很像只是人們為了慶祝玩鬧而找的藉口，但事實上在我虛歲十五的那一天與不死神戰鬥的時候，我記得他……不對，是她就的確有講過「討人厭的太陽力量最為薄弱的時候」之類的發言。

或許在這個世界，冬至真的是邪惡存在會增加力量的日子吧。

相對於有人居住的地方明亮又熱鬧，在昏暗的森林深處、荒野盡頭或者沼澤地區，信奉邪惡的存在們這個時候也會增強他們不祥的力量。

「…………」

一方面也是因為我們剛好走到一處人影稀少的巷子中，腦中這些不吉的想像讓我不禁陷入沉思。

「唉喲？你怎麼啦？表情忽然那麼陰暗。」

「……呃不，我只是在想，我現在這麼悠悠哉哉的沒關係嗎？」

伴隨邪龍瓦拉希爾卡的甦醒而引起的各種騷動，並不是討伐了邪龍就會當場結束。

被逐出《鐵鏽山脈》(Rust Mountains)在各地徘徊的惡魔殘黨們。

遭到瓦拉希爾卡的氣息影響而改變了棲息地盤，結果接近人類鄉里的魔獸們。

還有將這樣的狀況視為大好機會而染手各種犯罪行為的魯莽人物或遭惡神之類的存在誘惑的人物。

光是這些餘波就數也數不完。

這類的存在在各地不斷引發事件……雖然我還沒能確認真偽，不過也聽說有幾個聚落因此毀滅了。

就在邪龍瓦拉希爾卡遭到討伐，以及慶祝新年等等明亮的好消息背後。

……雖然我這次是因為受到埃賽爾殿下邀請，梅尼爾也鼓勵勸說，加上《燈火河港》(Torch Port)的狀況可以交給雷斯托夫先生與安娜小姐負責，才會來到《白帆之都》(White Sails)的。

但是既然有時間在這裡閒逛，我是不是應該去多討伐個一隻魔獸，或者到村落去為人民治療呢？

我是不是有更多可以做的事情，應該做的事情？

就在我將這些心中的想法講出來之後……

「哦～」

碧卻一臉無奈地半眯著眼睛抬頭看向我。

為、為什麼啊？

「嗯……威爾，我猜你肯定也已經找梅尼爾討論過了，他怎麼說？」

「他就只是跟我講『囉嗦，關我屁事啦。冬至好歹讓我多睡一點吧』這樣。」

聽到我一臉傷腦筋地如此說道，碧「嗚」地憋笑了一下。

◆

「呵呵，真像梅尼爾會講的話。」

「真是的，妳別笑啊！我可是很認真在煩惱這個問題喔？」

此刻梅尼爾應該還在我們在《白帆之都（White Sails）》找到的一間旅館房間裡享受他的回籠覺吧。

要是沒有他的《妖精小路》，想要在這片廣大的《南邊境大陸（South mark）》來往各處也很沒效率，因此我現在是想行動也無法行動。

當然，梅尼爾是我的朋友，並不是什麼部下，所以我也沒辦法強迫他工作……

但也正因為如此，讓我對於無法行動的現狀感到很焦急。

「……威爾，我說呀。」

碧這時忽然靠到路邊，停下腳步抬頭望向我。

聽到她那樣認真的語氣，我也跟著彎下身子，讓自己的視線與她平行。

碧那對平時總是充滿好奇心，動來動去的眼眸，現在卻很平靜地注視著我。

她臉上的表情也變得跟平常不同，成熟得像個大姊姊一樣。

就在我不禁怦然心動的瞬間——

「你承擔太多了。」

啪！她忽然用手指彈了一下我額頭。

「～～！」

我忍不住壓著額頭。

這出乎預料地痛啊。

「聽我說，威爾……生活在這塊大陸的人，大家要不就是抱著覺悟渡海而來的開拓者，要不就是其子孫呀。」

碧用她透徹的聲音，像是唱歌又像是在教導似地對我如此說道。

「他們並不是什麼都不會的小嬰兒，是自己選擇生活在這裡的。你也不是唯一可以依靠的對象，沒有必要從一到十照顧他們全部的事情。不是嗎？」

「這樣講……是沒錯啦。」

「既然你知道，那你為什麼要讓自己承擔那麼多責任？」

「……因為我發過誓。發誓要成為神明大人的劍討伐邪惡，要成為神明大人的手拯救不幸。」

我透過這樣的約定，獲得了神明大人的庇佑。

擊敗了不死神，拯救了我父母的靈魂。

不只這樣。

燈火之神將我從模糊記憶中滿是痛苦與後悔的前世引導向今生，讓我得以往前邁出腳步。

在我為了和龍戰鬥的事情感到苦惱時，也激勵了我，推了我一把。

祂賜予我的庇佑，讓我得以拯救許許多多流連徘徊的靈魂。

在與邪龍瓦拉希爾卡那場戰役的最後，保護了到達極限的我。

神明大人賜予了我許許多多閃亮耀眼而美妙的事物。

我想祂對於這些事情應該都沒有期望什麼回報吧。

……但也正因為如此，我希望能報答祂的恩惠。

不是「必須報答」，而是我「希望能報答」。

聽到我這麼說完後……

「嗯嗯，原來如此。」

碧露出柔和的笑容點點頭——

「你自我要求太高了。」

又用手指彈了一下我額頭。

「～～！」

這次我又來不及反應，痛得壓住額頭。

好痛啊。

「你就是有這樣的壞毛病呀。」

碧接著用雙手夾住我的臉頰。

「想要對神明報恩，那是很棒的事情喔，我會支持你，也覺得你那樣的想法很難能可貴。但是……」

一對筆直的視線朝我看來。

眼前這位有著鬆柔紅髮的女孩子接著對我說出口的——

「……既然要報恩，就要做得讓神明會**覺得開心**呀。」

是這樣一句我從來沒有想過的發言。

「覺得開心？」

「對。」

碧一副「真受不了你」似地雙手扠腰，低頭看向我。

「你想想看。假設今天有個人對你說『謝謝您以前治療了我的傷』並送上食物做為謝禮——」

「嗯。」

「可是那個人瘦骨如柴，全身搖搖晃晃，看起來絕對已經三天沒吃飯的話，你會怎麼想？」

「你這是在做什麼啊！請你自己先吃……啊。」

「對吧？」

過度犧牲自我的報恩，只會讓人感到困惑、擔心，一點都不高興。

就是要看到對方確實變得幸福，有餘力可以來報恩，才會讓人覺得開心。

然後——也會讓人知道自己用正確的方式幫助了對方，讓人可以感到自豪。

「…………」

我的這一生，是燈火之神大人賜給我的。

立下的誓言必須遵守，但我如果成為了誓言的奴隸犧牲自我，疏忽人生，自己導致自己痛苦與後悔而再度死去，那就是本末倒置了。

過去的我放棄、捨棄的那些東西，是神明大人靜靜拾起來並再度賜予了我。我不應該讓這些都白費。

神明大人將我的靈魂引導到了布拉德、瑪利與古斯的地方。為了證明這份幸福的贈禮毫無疑問是一項恩寵，為了讓燈火之神大人能自豪「用正確的方式幫助了我」，我必須好好過我的人生。

……要在這個世界好好地活下去。

這明明是我早已下定的決心，卻在不知不覺間差點迷失了。

「各種開心，各種快樂，各種幸福，各種美味，要是沒有好好品嘗就太浪費了呀！再說，如果身為屠龍英雄的《世界盡頭的聖騎士》大人每天都一臉不安地四處奔波，大家也會感到不安吧！

就是像這樣的時候，許多不知是真是假的壞謠言更會到處流傳。但只要你不為所動，表現得悠然鎮定，大家也就不會被謠言迷惑啦！還有還有——」

「嗯。」

對於一句接著一句不斷鼓勵我的這位女孩……

「……謝謝妳，碧。」

對於讓我想起了重要事情的這位女孩，我說出打從心底由衷的感謝。

積了白雪的冬季街道雖然寒冷，不過此刻我胸口卻感到莫名溫暖。

「不客氣……居然可以對聖騎士大人開導這些大道理，我也真是了不起呢！」

「嗯，佩服佩服。」

碧「哼哼～」地得意挺胸，而我也開玩笑地對她擺出投降的動作。

接著兩人便嘻嘻哈哈地笑了起來。

「我說，碧。」

「什麼？」

「今天我們兩人去哪裡玩玩吧……只要是妳想去的地方，都可以。」

「唉呦，還真是熱情的邀約呢。」

一頭蓬鬆紅髮的少女頓時垂下眉梢，淘氣地揚起嘴角。

就在那莫名妖豔的表情讓我不禁眨眨眼睛的瞬間……

「既然這樣……我想去一個地方，你可以帶我去嗎？」

聽到她說出的誇張地點，讓我當場臉色大變。

◆

冬季的森林給人的印象與夏季鮮豔而充滿生命力的感覺完全不同。

寒冷而寂靜的森林中，彷彿連時間都流動得很緩慢——就好像身處美麗的睡夢中一樣。

在《白帆之都（White Sails）》的東邊。

走出圍繞都市的城牆，就能在海邊丘陵的山腳處看到一片森林。

森林很深邃，面積很大。

在都市旁的森林通常都會因為木材需求而很快就被砍伐殆盡——然而這片森林的樹木想必不會遭到砍伐吧。

這片森林是隔絕包含都市在內的俗世與某個設施之間的境界線，可謂是禁域的森林。

——《賢者學院（Academy）》。

《創造的話語》的探求者，也就是魔法師們的學校。這裡就是其《南邊境大陸（South mark）》的分校。

位於這片禁域森林中的那座設施，不太喜歡和俗世扯上關係。

……隔著宛如戴著白帽子般被雪覆蓋的樹木，來到可以看見學院上半部分的距離時，我忍不住停下了腳步。

那是一座用磚瓦推砌而成，受到一重重魔法記號保護的雄偉設施。

高聳的牆壁。

好幾座高塔。

在一棟棟聳立的建築物之間，有拱橋狀的走道互相連結。

若只論外觀，其實我以前就有從《白帆之都（White Sails）》遠遠遙望過。

「……嗚哇～」

不過像這樣接近一看，便能發現有瑪那以那座設施為中心不斷旋繞。

恐怕當初也是因為這裡在地勢上是瑪那較容易集中的地形，所以才選擇建在此處的吧。

除此之外，周圍還刻有一道又一道的《記號》，讓這一帶宛如結界一樣。

「我說，碧啊。」

「什麼事？」

我一臉呆滯地眺望著眼前的情景，開口問道：

「妳說妳想去《賢者學院（Academy）》看看，是認真的嗎？」

「當然是認真的呀。我有想看的東西嘛。」

碧目不轉睛地仰望學院的尖塔。

「那個地方，並不是區區一個詩人拜託說『請讓我進去看看』就會讓人進入的場所對吧？」

「嗯。」

——《賢者學院(Academy)》與世俗的權力之間保持著一定的距離。

理由很簡單。因為曾有一度雙方太過接近，而引發了悽慘無比的迫害事件。

兩百年前的大亂以來，各地的統治者為了養活自己領土內的人民而不斷發動戰爭，使用《話語》為他們效力的魔法師們也因此增加。

在詩歌中也有直率描寫自大亂以來，邪惡的魔法師變得越來越多。

那些邪惡的魔法師們讓土地腐敗，讓水源枯竭，讓疾病蔓延。

……我想這些行動實際上應該不是全都來自惡意吧。

純粹只是想要守護自己身邊的人與土地，或是因為對抱有覺悟的統治者感到尊敬與景仰，所以才決定為了自己所屬的國家或鄉里將《話語》使用於戰爭的溫厚魔法師應該也有很多才對。

話雖如此，但所謂的戰爭中含有名為「憤怒」與「憎恨」的毒藥。

就好像人與人爭論時自然容易變得激動一樣，隨著戰事變得激烈，所使用的《話語》也會越來越殘酷。

到最後，各種《詛咒話語》或恐怖的《忌諱話語》被搬出來使用的機會便會漸漸增加。

而如果使用了太多的惡毒《話語》，使用《話語》的本人及其周圍也自然而然會變得惡毒。

土地荒廢，水源枯竭，疾病蔓延，因此感到恐懼的人們就會發動獵巫行為。而為了逃避迫害，優秀的魔法師們就會更加依賴權力者，尋求庇護……

狀況陷入惡性循環，有一段時期魔法師的社會地位變得大幅下降。

後來有幾名傑出的賢者們施行緊縮政策，使權力與魔法之間拉開一定的距離，才總算讓狀況有了改善的傾向……然而即使到了今天，魔法師們因為其可怕的力量而被視為英雄的同時，也仍不可否認人民經常認為他們是會行使詭異力量的恐怖存在。

因此《賢者學院》（Academy）的校風相當封閉……為的是不要讓年紀尚輕而不成熟的學徒接觸到權力或暴力的誘惑，在外界做出有損魔法師名譽的行為。

基於這樣的原因，能夠出到外面的魔法師們通常只有已經學會足夠程度的自律而得到學院許可的人，或是實力足以從學院中脫逃出來的強者。

若是像埃賽爾殿下或巴格利神殿長那樣有地位的人物暫時性地招募幾名賢者以尋求建言，或是雇用從學院畢業的魔法師等等狀況還姑且不論，但如果是外界的人想要進入《賢者學院(Academy)》中，學院的賢者們通常都會因為不想讓年輕學徒們有所接觸而極力反對。

所以這地方確實不是碧因為好奇心就能獲准進入的場所。

而就算想要偷偷潛入，也到處可以看到樹木或石頭上刻有《記號》，想必是利用這個瑪那濃密的環境而設置來對付侵入者的東西。

抱著好奇心前來的小孩子，或是盯上學院中收藏的魔法財寶而前來的盜賊等等，肯定連接近學院都辦不到。

「……不過，如果是威爾應該就能偷溜進去吧？畢竟你不但是神官戰士，也是很厲害的魔法師對吧？」

森林中彎彎曲曲的小路上施加的，恐怕是《迷途小巷》的魔法。

再加上無路可走的地方也隨處可以感受到像是警報啦、暫時麻痺啦、睡眠啦、盲目啦……數量多到數也數不清的各種《記號》存在。

我憑藉感覺大致掌握這些魔法的內容後——對露出期待眼神仰望著我的碧點點頭。

「嗯。」

「這我沒轍！」

◆

「什麼——！」

「不，就算妳跟我大叫也沒用啊。」

說到底，我又不是什麼盜賊。

入侵屋宅或拆解陷阱之類的技巧我頂多只會一點皮毛，而沒有練習過的事情當然就不會做。

既然不會做，我就不能說自己能夠辦到。

我對發出噓聲表達不滿的碧如此說明，但她好像還是不太能接受。

「如果是威爾應該可以辦到吧？想想看，例如說巧妙運用你的肌肉，之類的！」

「在這種狀況下利用肌肉，能做的事情就只有打正面硬闖，要不然就是找出什麼絕妙的入侵角度突破防衛而已——」

「…………」

想要帶著沒什麼經驗的碧偷偷溜進防衛森嚴的場所，根本是不可能的事情。

而如果要靠蠻力突破硬闖，雖然也不是完全辦不到……但那等於就是向《賢者學院(Academy)》正面挑起戰爭的意思。

「到時候可是會下起血雨喔。這不是什麼暗喻。」

「…………」

《賢者學院(Academy)》的校風封閉，但同時也對於侵犯其封閉性與獨立性的存在絕不留情。要不然在這樣的世界中根本無法成為什麼象牙塔。

要是有人想硬闖進去，就會引爆一場直到有一方倒下之前都不會結束的廝殺。

「所以說很抱歉，沒有徵得同意就偷偷溜進去實在太危險了。」

「…………這樣呀。」

我沒有辦法保證碧的生命安全。

聽我這麼解釋後，碧瞇起雙眼，望向《賢者學院(Academy)》。

彷彿在望著什麼自己無法觸及的存在。

表情就好像對著天上的星星伸出手一樣。

——她究竟是想要到學院尋求什麼呢？

紅髮吟遊詩人的側臉看起來流露哀傷……

「——哎呀，既然連威爾都說辦不到，那也沒辦法啦！」

然而，那感傷的氛圍很快就被揮散。

「既然這樣就沒轍啦！雖然多繞了一段路，不過我們接下來就去找一間不錯的酒館吧？威爾出錢請客，吃好吃的飯，喝好喝的酒——」

「…………」

碧用感覺有點像是刻意裝出來的開朗聲音與笑臉，一句接一句地如此說著。

那模樣讓我莫名覺得於心不忍。

於是我輕輕地握起她的手。

「…………威爾？」

「雖然要偷偷溜進去很難……」

雖然很難。

雖然很難——但碧都露出這樣的表情了，我卻還說自己因為辦不到所以要放棄，也未免太沒出息了。

「妳跟我來一下。」

「……？呃？」

說到底，我本來就不太擅長像是無聲無息潛入設施或是靠智慧偷偷溜進去之類靈巧的行動。

因此我能夠為碧做的，是更為單純的事情。

「——我們正面訪問吧。」

也就是直接去敲門。

然後誠心誠意地拜託對方。

碧眨眨眼睛後，如花朵綻放般露出笑容，「……真是好主意！」地對我用力點點頭。

◆

——通往《賢者學院（Academy）》的路途一如預想，充滿各種驚奇。

森林中的小路分成了好幾條岔道，而且可以感受到有非常古老而強力的魔法在影響我的感覺。

就好像還是小孩子的時候與父母走丟，自己一個人迷路的感覺。

又好像是夜晚來到學校拿自己忘記帶回家的東西，結果在昏暗而寂靜的走廊上不經意聽到自己腳步聲的回音，忍不住停下雙腳的一瞬間。

彷彿自己的心臟被一隻冰冷的手緩緩握緊般，異常的不安。

「咦？奇怪？我們剛才是從哪裡走過來——呃、咦？咦……？」

「別擔心……好好握住我的手。」

我們穿過了幾條小路之後，碧就完全迷失了方向感。

她有如被某種恐怖的不安感侵襲似的，縮著身子不斷東張西望。

「絕對不要離開我喔。」

「……！」

抬頭看向我的碧用她的雙手纏住了我的手臂。

只要她緊緊一抱，我就能感受到她身上防寒衣物軟綿綿的觸感。

「嗚嗚嗚！這到底是怎麼回事嘛……左邊啦右邊啦，上面啦下面啦，我明明知道這些詞，可是不管腦袋怎麼想都沒辦法跟詞彙的意思兜在一起……不協調的感覺好強烈，好難受……」

「別擔心，很快就會好了。稍微再忍耐一下。」

畢竟我們是踏在雪地上，應該很容易辨識足跡才對的，可是總覺得好像不知不覺間就會往不對的方向走去。

是跟辨識方位相關的《話語》讓我們感覺變得模糊的。

快是慢。

近是遠。

左是右，上是下。

北是南，東是西。

前進會後退，後退會前進。

簡直就像前世聽過的那首描述神奇而昏暗的森林的童謠。

將成對相反的語言概念暫時性地溶成一團，將人引導向詭異而顛倒的思考夾縫中。是自古代就綿延傳承下來的恐怖結界魔法。

精緻而複雜至極的這個魔法，堪稱是《話語》構成的藝術。

就連我都只要稍不注意就可能當場被吞沒。

「——……」

我不斷繃緊神經，注意自己體內瑪那的循環，抵抗魔法。

同時用視線仔細觀察周圍，一步一步謹慎踏出腳步。

走了一陣子後，我們來到一處道路被分為丁字型的場所。

我停下腳步，皺起眉頭。

「這還真是壞心眼啊。」

「哪、哪一條路是錯的……？」

就像在回應碧的疑問般，我舞動手指，在半空中寫出幾個輔助性的《記號》……

「——《命令(ne)》《表象(fronti)》《不要相信(crede)》。」

並且詠唱三詞，破解《迷惑的話語》。

幻象頓時緩緩飄散，**正面又出現了另一條路**。

這是提示了左右兩個選項的同時，用幻影覆蓋正面第三個選項的陷阱。

「…………」

碧當場驚訝得瞪大眼睛。

要不是古斯以前有教過我設置幻象時的訣竅，我應該也會漏看吧。

在新出現的那條路旁的一棵樹上，刻有一段文字。

雖然是《創造的話語》，不過有稍微改變字型讓它不要發揮魔法效果。應該是寫給來訪者看的訊息吧。

「《選擇學習（Aut disce）》《否則退離（aut discede）》。」

這句帶有韻律的話語讓我忍不住稍微笑了。

看來到這邊為止都還只是小試身手，可怕的魔法結界還沒結束的樣子。

「……威爾，你還好嗎？」

不知道碧是怎麼解讀我臉上的苦笑，而露出了為我擔心的表情。

「據說《彷徨賢者（Wandering Sage）》還小的時候也沒能獨力突破《迷途小路》。你不要太勉強喔？」

聽到她這句話，我的思緒頓時停止。

「……他沒能突破？」

「是呀。即便是小時候身為超級神童的賢者古斯，在《草原大陸》的《賢者學院》本校如果沒有師父引領，根本連大門也叩不到——讓他明白了自己尚未成熟。就是這樣一段故事。」

「…………」

這樣啊。古斯小的時候沒能突破這個結界。

一個自認成熟而喜歡賣弄聰明的少年卻因為無法突破這道結界而不甘心地咬牙切齒。這樣的景象頓時浮現我的腦海。

接著那個少年越長越大，變成我熟悉的老人姿態後……在腦中對我命令道：你要給老夫一次就突破它，聽到沒！

——好啦好啦。我不禁在心中露出苦笑，點點頭如此回應。

◆

我們接著又繼續突破《迷途小路》。

有影響來訪者感官認知或語言概念的大型魔法陷阱。

也有透過遮蔽視野的茂密草叢加上些微彎曲的小路使人被誤導方向位置的非魔法性陷阱。

路途上可說是利用了所有能夠利用的東西，拒絕外來人員的侵入。

當中尤其是到後段出現的機關非常厲害。

「嗚哇……」

「噫……！」

……道路左右兩旁的樹木上都刻有人臉。

配上樹皮的質感而看起來就像老人的那些臉緊閉雙唇，睜大空虛的雙眼，看起來充滿怨恨。

像洞一樣被刻得很深的眼睛中還流出深紅色的黏稠樹汁，宛如眼淚一樣，更加讓人感到毛骨悚然。

「那是什麼詛咒嗎？威、威爾，我總覺得光是看著那些，就會有種非常不安的感覺呀……」

「我是沒感受到有什麼強力的瑪那在作用啦……」

「那、那樣不是才更可疑嗎？在明顯很可疑的東西上再多施加一點小機關，這可是慣例呀，慣例！」

「這麼說也對……啊。」

聽到碧這麼一講，於是我仔細觀察那些樹上的臉——才發現。

那上面刻有單純只是「稍微讓對方感到不安」作用的《話語》。

連詛咒都稱不太上，只能發揮微弱效果的《話語》。

就算是有相當實力的魔法師用口頭施展，一般健康的人即便不懂魔法也能很快就驅散的微弱魔法……然而透過樹上那些教人毛骨悚然的雕刻使對方動搖之後，只要用這魔法就足夠讓心中產生的不安變得更強烈。

要是沒有注意到這個手法，帶著動搖通過這裡，接下來恐怕就會陷入「走這條路沒錯嗎？」「自己是不是早就已經迷路了？」等等無謂的不安情緒之中，然後有如自取滅亡般真的走錯路吧。

因為魔法本身相當微弱，會隱藏在生來具有的感情之中發揮作用，所以讓人很難察覺。

這機關簡直可說是結界構築的標準範例。

「……碧，謝謝妳啦。」

「不用客氣。還真的是很壞心眼呢……」

「就是說啊——《勇氣(fortia)》。」

我對我們自己施加了與之對抗的《話語》。

「光是剛才這段路，感覺就已經可以唱成一首冒險故事了。」

「是啊……」

如果平常都利用這種路，再怎麼說也太不方便，因此肯定還有什麼其他的後門可走才對……不過這下可以明白《賢者學院（Academy）》是真的很不喜歡從外界隨便有人來訪。

若是要拜託什麼重要的事情，從後門拜訪是很不合禮節的行為，因此可以當成趕走對方用的藉口。

但如果循規蹈矩想要從正門拜訪，這一重又一重的迷惑機關根本就讓人無法抵達。

……我從中甚至都有點感覺到某種偏執了。

究竟還要再走多久呢？正當我這麼想著，並繼續往前走的時候……

「——唉呦，是客人嗎？」

我們眼前忽然變得開闊，傳來了聲音。

◆

積在樹上的雪掉落地面的沉重聲音傳來。

忽然變得開闊的森林深處，是一塊被白雪覆蓋的小空地。

在空地一處角落可以看到一間古老的小廟。

——從徽章看來，這小廟祭祀的應該是獨眼的知識神恩萊特。

而在那小廟境內，有個老爺爺把橫倒在地上的樹幹當成椅子，坐在營火邊取暖。

大概是用的木柴很潮溼的緣故，那營火燒得怎麼也不旺。老爺爺似乎對這點不太滿意，而用樹枝戳弄著營火。

他有著一頭白髮與茂密的鬍子。眼睛細長，臉頰消瘦。微微駝背的身上穿著一套雖然衣襬處沾了些泥土，不過感覺樸素清潔的野外工作服。

腰帶上夾著柴刀與鐮刀。

整體看起來沒有什麼特別給人強烈印象的要素。

就像是隨處可見的溫和雜務工爺爺。

「初次見面。我叫威廉·G·瑪利布拉德。」

「我是碧，羅碧娜·古德費洛！和藹的老爺爺，可以冒昧詢問您的大名嗎！」

我將手放到左胸，將腳微微往後縮，如此打招呼後，碧也跟著開朗地自我介紹。

聽到我們的問候，老爺爺輕輕微笑。

「呵呵呵……老夫只是個徒有歲數卻一無是處的老頭子，負責當學院的守林人——在屠龍的勇者面前實在羞於報上名號。

比起那種事，來來來，你們應該很冷吧？要不要稍微過來休息一下？」

老爺爺避開了碧的問題後，對我們招招手。

是在邀請我們過去營火邊取暖的動作。

「謝謝你，守林人先生。」

確實，雖然雪積得並不深，但畢竟我們走了很長一段路，鞋子也相當溼了。

即使是燒得不算旺的營火，對我們來說也是感激不盡。

於是我輕輕鞠躬示意後，和碧一起來到營火邊。

「……話說，守林的老爺爺呀。從這裡到學院還要很久嗎？」

隔著森林樹木的縫隙間看到的學院建築，距離我們還很遠。

明明剛才已經走了相當長的路，可是現在甚至感覺學院好像離得更遠了。

「唔……小姑娘，妳到學院去有什麼事？看起來妳應該不是來求學的新學徒吧？」

「我想看個東西。」

「哦……？」

碧講得相當直率。

守林的老爺爺接著用手緩緩從下巴摸到鬍梢。

「不過《賢者學院（Academy）》有個規矩，不歡迎魔法師以外的人啊……」

「我們打算去拜託對方，能否讓我們進去稍微參觀一下就好。或許會麻煩到對方，但我們會注意絕對不要造成困擾。」

「……原來如此。」

老爺爺又再度從下巴到末梢撫摸他的白鬍子。

「但願你們可以順利得到許可啊。」

他說著垂下眼角，露出溫和的微笑。

然後翻了一下他身邊的袋子，拿出幾塊乳酪，插到小木枝上。

「用火烤一下再吃可以暖身子喔，請用。」

於是我和碧回應一句「多謝招待」後，將乳酪拿來放到火上。

等乳酪微微融化再放進嘴裡。伴隨著柔滑的口感，有一股獨特的氣味竄入鼻腔。

濃郁的味道同時在舌頭上擴散開來。

「～～！好好吃呦～！」

碧睜大雙眼，陶醉地把手放在臉頰上。

「這是山羊乳做成的乳酪吧！」

「妳說對了……如果你們喜歡，請再多嘗幾塊。」

「好耶！」

碧表現得非常開心。

畢竟剛才一路上都很消耗精神，因此溫暖的營火和溫暖的食物都讓人高興。

我雖然沒有像碧那樣興奮，但也笑咪咪地多嘗了幾塊山羊乳酪。

這個真的好好吃……！

「話說回來……《世界盡頭的聖騎士》大人似乎懂得魔法？」

「我是有學過一些。」

「哦哦？畢竟老夫是守林人，偶爾也有機會拜見到學院那些人使用魔法……很是好奇屠龍勇者的魔法是什麼個樣子啊。」

聽到守林的老爺爺如此呢喃後，我和碧稍微互瞄了一眼。

——這個不管怎麼想都是在試探吧。

畢竟在這樣的場所不可能會有什麼普普通通的老爺爺。

而既然對方的要求是因為好奇所以想看看魔法——

「魔法並不是可以隨隨便便使用的東西。還請您見諒。」

「……哦？」

守林的老爺爺緩緩從下巴到末梢輕撫他的鬍鬚。

「就算老夫拜託你務必讓老夫見識見識？」

「請您見諒。」

「聖騎士大人一直以來都是這麼想的？」

「是的。這是我師父的教誨，而我也都努力讓自己能遵守這個想法。」

一如我小時候古斯教過的那樣，魔法是靠人類的手無法完全控制的危險力量。

如果真的要使用，基本上就是有效率地使用小型的魔法。而真正理想的是甚至連用都不要用。

……就算是受人拜託，隨便表演也不是好事情。

「嗯——嗯～」

守林的老爺爺又再度緩緩從下巴到末梢輕撫他的鬍鬚。

「那麼，老夫可以拜託你們一件事嗎？」

「請說。」

「昨晚下的雪讓森林的樹木都很潮溼，今天的營火也怎麼燒都不旺。對這把老骨頭來說實在很折磨。」

確實，營火從剛才就冒著一陣一陣的黑煙，感覺隨時都會熄滅。

「老夫想要一些乾燥的薪柴。能請你們幫忙準備嗎？」

要用魔法也無妨喔？他笑著如此說道。

◆

——其實我只要詠唱一句《乾燥(siccu)》的《話語》就能解決這個問題了。

然而老爺爺面露微笑，用他細長的眼睛注視著我們。

掉在森林中的樹枝應該全都很潮溼吧。

不過──

「……我們去森林撿些樹枝回來。」

這對我和碧來說都不是什麼困難的問題。

於是我們互相點頭後，去收集了一些樹枝，向老爺爺借柴刀將樹枝砍成適合的長度……把潮溼的樹枝**推疊在營火的旁邊**。

沒過多久，從樹枝末梢便開始冒出了水蒸氣。

其實也沒什麼。

如果這是什麼測驗，那麼在測試的就是「潮溼的薪柴可以用營火乾燥」這樣普通的知識。

「哦哦，感激不盡。好暖，好暖。」

守林人露出和藹老爺爺般的笑容，在開始變得穩定燃燒的營火旁取暖。

若對方是在試探我們，總該有些什麼反應才對的，可是他卻連是否合格都沒有講。就只是露出一臉親切的笑容，又請我們吃乳酪和麵包，然後語氣溫和地和我們聊起「冬至的祭典如何如何」之類非常普通的話題。

……該不會是我警戒心太高了？

……對方會不會真的只是個普普通通的守林老爺爺？

我霎時產生了這樣的想法。

雖然對方確實有些讓人覺得不自然的地方，但其實要解釋還是可以解釋得通。

若是如此，那麼繼續留在這裡只會浪費時間。

我必須帶碧到《賢者學院(Academy)》去才行，所以是不是應該就此告辭，去尋找下一條路呢？

就在我這麼想的瞬間……

——各種開心，各種快樂，各種幸福，各種美味，要是沒有好好品嘗就太浪費了呀！

碧講過的話湧上腦海。

我不禁微微露出苦笑。

看來我又操之過急了。

以前和梅尼爾吵架的那次也是一樣，這點似乎就是我的壞毛病。

「老爺爺，你的品味很不錯呢～這些每一樣都好好吃。」

碧笑著品嘗麵包與乳酪，而且大概是開心起來的緣故，還把雷貝克琴拿出來開始彈奏。

那表情一點也沒有急忙的感覺。

於是我決定向碧效法，讓自己悠哉一些。

──畢竟我們今天是來玩的。

打從一開始就沒有循最短距離達成目標的必要性，再怎麼焦急也沒有意義。

……再說，與一名吟遊詩人的女孩子來到魔法師居住的神祕森林中探險，然後與守林的老爺爺一起圍在營火邊取暖。這可是我上輩子想也沒想過，讓人興奮不已的體驗。

這樣的機會如果沒有好好享受，就太吃虧了！

在冬季的森林中。

我們圍著營火，閒聊著旅遊的小小回憶，大家喜歡吃的東西，或是無傷大雅的失敗經驗等等話題，有說有笑。

偶爾入迷地聽著碧的歌聲，拍手稱讚。

就在這樣的互動之中，守林的老爺爺忽然問了我們一個問題：

「老夫有個問題想詢問兩位。如果這世上有所謂『偉大的魔法』──兩位認為那會是什麼樣的東西？」

偉大的魔法……會是什麼呢？

聽到這問題，我差點要陷入沉思。不過──

「應該就是能讓人幸福的魔法吧？」

碧卻毫不猶豫就講出這樣的答案，讓我「啊」了一聲。

「無論是最簡單的障眼用《話語》，還是美妙而複雜的藝術性《記號》，只要是為了使人幸福而施展出來的魔法，我認為都一樣偉大。」

她用太陽般的笑臉道出的這段話在白雪森林中迴盪、消散。

「真是有趣的想法……小姑娘為什麼會這麼認為？」

「因為威爾實際上就是那樣在使用魔法的呀！所以我很喜歡威爾——雖然他老是不自覺把自己的幸福擺到後面的個性真的讓人看不下去就是了！」

「原來如此，原來如此。」

守林的老爺爺再度緩緩從下巴到末梢輕撫他的鬍鬚——

「非常好。」

下個瞬間，周圍景色一變。

「——……！」

回過神時，眼前出現了綿延的牆壁與巨大的門。

原本小廟附近的森林都消失，看起來很遙遠的尖塔也都不見。

我們竟然不知不覺間就來到《賢者學院（Academy）》的大門前。

碧驚訝地睜大她圓滾滾的眼睛。

我也忍不住全身緊張。

這應該不是轉移魔法。

恐怕是我們被幻覺迷惑，明明已經來到學院旁邊卻都沒有察覺。

「請容我重新自我介紹。」

——可是，究竟是從什麼時候？

——我們是怎麼中招的？

——明明我一直都有保持警戒才對啊。

「我是《賢者學院（Academy）》的教授——《森林司》，名叫海勒姆。」

也兼任守林人就是了。

老爺爺這麼說著，露出微笑輕撫他的鬍鬚。

◆

「雖然是有點特殊的案例，不過就由我承擔責任，允許兩位進來參觀吧。」

就這樣，我們相當輕易便獲得進入學院的許可。

看來守林的老爺爺海勒姆教授剛才果然是在試探我們的樣子。

「彈奏美妙歌曲的小姑娘，妳到學院來是想要看什麼？」

「嗯，就是呀——」

碧笑了一下，在老爺爺耳邊不知悄悄說了些什麼。

海勒姆教授接著「原來如此」地輕撫他的白鬍子。

「……《話語》這種東西根據使用的人，可輕可重，可弱可強。如果是你們兩位，應當不會因《話語》導致自身傷害才是。」

他熄滅營火，說出這樣一句像是警惕人的發言後……

「方才真是一段愉快的時光——那麼，我們出發吧。」

海勒姆教授飄飄然地走向學院，在門前講了一兩句話後，厚重的門板便發出軋響，緩緩打開。

明明樣貌不同，氛圍也不一樣，但他的背影卻讓我莫名聯想到古斯。

接著——

「哇，什麼什麼！那是怎麼回事！人偶在打掃呢……！」

在《森林司》海勒姆教授的帶路下進入學院後，碧很快便大肆興奮起來。

「那是上一代的《形狀司》製作出來的哥雷姆。相當方便喔。」

進了大門沒多久，自願帶我們參觀的海勒姆教授伸手比向一處被迴廊圍繞、有噴水池的中庭。

在那裡有一具人偶正在清掃。

外型帶有女性感覺的那個人偶，是製作精密到堪稱藝術等級的哥雷姆吧……應該。

——這個世界的魔法並不安定。

根據現場瑪那的濃淡，甚至會影響到魔法是否發揮效果。

雖然這座《賢者學院(Academy)》似乎是建在瑪那能穩定保持於較濃狀態的土地上，但是要讓那種等級的人偶能夠穩定運作，想必還是需要各種精巧到讓人難以置信的製作技巧。

我想那恐怕是裝了什麼類似時鐘的擒縱器一樣可以在某種程度上穩定動作的機關，然而我完全無法想像那樣的玩意究竟要怎麼製作。

……包含必須組合各種適切《話語》的功夫在內，那肯定是經過一番像拼組巨大拼圖般有如苦行的鑽研才能開發出來的。

投入其中的時間絕對不只一、兩年而已。

「那個呢？那個桌子是什麼！我都搞不清楚那桌子究竟有多長！好厲害！」

「哈哈哈，很不可思議對吧？」

好幾名學生坐在桌子旁。

那桌子看起來就像是可供上百人一起用餐的長桌子，卻又看起來像是只能坐四、五個人的小桌子。

非常神奇的景象。

這裡真的是魔法世界啊——我不禁湧起這樣的感想，不過……

「那是在默背表示各種事物的《話語》的講座。」

「嗚呃～……威爾也做過那種事嗎？」

「做過做過。就是只能不斷默背、默背再默背的課程……」

其實那看起來也像是十幾名學生在老師的指導下，默默在蠟板上抄筆記的教室風景，讓我聯想到前世的學校。

到頭來，所謂的魔法歸根究柢就是看一個人是否知道「這個《話語》代表什麼意思」，因此默背和複習可說是最重要的基礎。

「那棟建築就是學生們的宿舍了。」

透過窗戶看起來，學生們的宿舍似乎是四人房的樣子。

在這座《白帆之都》的《賢者學院》中，聚集了周邊一帶地區中被認為擁有魔法才能的小孩子們。

他們會在這裡接受教育，然後有的留下來成為學院的老師，有的回到故鄉成為當地的咒術師，表現優秀的人則會被聘僱到相應的地方。

「話說回來……」

……像那樣的魔法才能，究竟是怎麼被看出來的？

我是因為小時候古斯就在身邊看出了我的才能而教導我，所以完全不知道其他人是怎麼被挑選出來的。

如果是像梅尼爾那樣可以看見妖精就很好分辨，而如果是神官就會透過某種形式收到來自神明的啟示，這些都很好懂。

然而使用《創造的話語》的才能基本上是要透過鑽研來提升的，一開始應該很難發現才對吧……

感到在意的我如此詢問後……

「擁有魔法師才能的小孩子講出的話語會帶有力量。」

「力量？」

「沒錯。我們雖然使用的是《創造的話語》，不過俗用語言若追溯起源也是來自同根，因此多少也帶有極為微弱的力量……而具有才能的小孩子很自然就會引發某種程度的效果。」

「啊，那我也聽說過。例如說……」

擁有才能但是還不知道如何控制力量的小孩子，在某個時候帶著真誠的心意發出為人打氣的話語，結果那個對象便異常高昂起來，能力得到增幅。

……或是剛好反過來，帶著憎恨咒罵對方，結果就發揮出實質性的攻擊力之類。

在使用《話語》方面擁有才能的小孩子身邊容易發生像這樣奇怪的現象，因此只要不是極度沉默寡言的小孩子，通常十歲以前就會被周圍的人發現。

而除非是與文明世界隔絕的鄉下地方，否則那樣的小孩一般都會被理解為擁有魔法師的才能，然後被託付給附近的魔法師。

「就像這樣，各地的魔法師之間存在某種交流網，可以透過它接收新的弟子，或是託付給其他的魔法師。等培育到某種程度之後，如果有前途就會送到哪裡的學院……」

換言之，以前世的概念來講魔法師之間的師徒制就像初等教育，而《賢者學院(Academy)》是接受高等教育的場所嗎？

「沒錯。雖然在某種程度上可以判斷一個小孩是否有才能……不過另外也要考慮到小孩是否有必須繼承的家業，或是性格上是否合適等等問題。因此也有只教導學徒不要讓力量失控的方法，便很快將他送回去的案例。」

「性格……嗎？」

「有人主張那才是真正最重要的資質。遠比頭腦好壞、有無毅力或發音技巧更為重要。」

「…………」

「人常說性情溫順、慢條斯理、有耐心而不多話的人比較適合當魔法師。要是性格暴躁，很容易就會使用激烈的《話語》。而如果習慣於說出激烈的《話語》，遲早會在因緣下自取滅亡……《話語》是很危險的東西，性格容易激動的人是無法活得長久的。」

我小的時候，古斯也教過我許多像這樣告誡人的故事。

有魔法師試圖改變地形，卻誘發大地震而被地裂吞沒。

有魔法師頻繁改變天氣，結果招致附近一帶氣候不良苦於飢荒。

有魔法師讓自己變身為動物，卻連思考上也變成了動物。

有魔法師對仇敵施放解體萬物的魔法，卻因為憤怒與憎恨導致口齒不清結果自爆。

甚至有魔法師打開連接異次元的洞，結果被另一頭不知什麼東西吃掉了。

對於使用魔法的人來說，這是大家共通而普遍都知道的觀念。

——古斯主張的這些想法，也深深植根於這所學院之中。

「哎呀，話雖如此，但如果老是將不滿積在內心，過度了也會成為爆發的因素、破滅的源頭……所以凡事保持均衡才是最重要的。」

海勒姆教授說著，聳聳肩膀。

碧則是「哦～」地感到佩服般點點頭。

「……好啦，咱們到了。」

穿過幾棟建築物之後，我們在一扇門前停下腳步。

「這裡就是小姑娘希望參觀的《賢者學院(Academy)》的圖書館。」

◆

在大概是為了方便搬書而造得較大的左右雙開房門前，海勒姆教授做出招待我們進門的動作。

「我就許可兩位閱覽除了地下的禁忌書架以外的書籍吧。一切責任由我承擔。」

「……非常感謝您接受了這樣無理的請求。偉大的《森林司》海勒姆，《話語》的巧手，禁域的守護者，僅在此向您致上我由衷的感謝與敬佩。」

碧捏起她外套的下襬，優雅行禮。

不同於平常活潑的感覺，聲音聽起來沉穩得像個成熟的女性。

我也跟著行禮後，海勒姆教授笑著說了一句「那麼我會在中庭等待。你們讀完之後請再來告知一聲。」後，便轉身離去。

「…………」

話說，真是教人意外。

「碧，原來妳想看的是書啊。」

「嗯，其實我會看字，然後想來看看這裡的書呀。很驚訝嗎？」

「有些驚訝。」

……我本來還以為她是想來看看各種詩歌中經常有描述的魔法師學校內部究竟是什麼樣子。

這個世界的識字率很低。

也正因為如此，以口頭傳播的媒體，也就是像吟遊詩人或歌手等等才有那麼多活躍表現的機會。然而我萬萬沒想到身為那個吟遊詩人的碧也識字，而且來這裡的目的居然是為了讀這裡的藏書。

「我想在這裡找一些書……哎呀，總之我們進去吧。」

碧說著，用她小而圓的手打開房門。

——在魔法燈光的照明下，許多書架排列在眼前。

微微的墨水氣味竄入鼻腔深處。

「要不要我幫妳找書？」

「嗯~我先自己找找看……對不起喔，帶你到這種地方來結果放著你不管，應該會讓你覺得無聊吧。」

「哈哈，這裡有這麼多書可以讀，不可能無聊啦。」

我們如此說著，邁步走進房內。

教人意外的是，《賢者學院（Academy）》的圖書館規模比我想像中的還要小。

整體大概只有前世居民活動中心附設圖書室那樣的大小，讓我不禁疑惑一下。

然而，我很快又明白了。

前世的印刷技術相當普及，人民識字率也非常高。因此拿前世記憶中的大規模圖書館來比較本來就很奇怪。

以這個世界的標準來看，這間圖書館毫無疑問很大。恐怕是《南邊境大陸（South mark）》最大的圖書館。

我試著翻閱了幾本書，發現果然一如我的預想。像基本讀寫或算數等等的初級教育書籍都是雕版印刷書，而專業書籍則多半都是手抄本。

我想這應該是需求量的問題吧。

刻鑿木板印刷書籍需要相當大的工程與許多工作人員。

若不是預估能夠賣到相當數量的書籍，靠販賣就無法回收所投入的成本。

——印刷技術與識字率之間是有相關性的。

隨著印刷技術進步，書籍就能以便宜的價格普及到各地，使人民識字率提升。

而隨著人民識字率提升，對書籍的需求就會增加，讓印刷技術又更加發展。

這個世界恐怕還是在這樣的相關性曲線一口氣上升之前的時代吧。

我腦中想著這些事情，並隨手翻閱了幾本書。接著想說自己也趁機會讀些什麼，而拿了一本描述魔法歷史的概論書籍。

雖然關於魔法的事情我大致上都向古斯學過了，但我還是想確認一下古斯不知道的這兩百年間魔法理論出現了什麼變化。

於是我坐到應該是供人閱覽用的桌子前，翻開書本閱讀——的同時，碧也抱著兩本裝訂精緻，古老而大本的書籍走了過來。

「嗯嗚嗚……」

因為半身人的體型嬌小，她應該覺得書很重吧。

這個時代的精裝本有的甚至像前世所謂大本畫冊那麼大，而且書頁又厚，實在不是會隨手拿來翻閱的東西。

「我幫妳拿。」

「嗯！謝謝。」

我幫忙把書放到閱覽架上的同時，稍微瞄了一下書名。

……其中一本是《賢者學院（Academy）》的畢業校友名簿。

……而另一本則是記載有遙遠地區的近年歷史與傳聞的鄉土史相關書籍。

◆

後來我們花了好長一段時間埋頭讀書，接著向海勒姆教授道謝之後，離開了《賢者學院(Academy)》。

回去的時候海勒姆教授有告訴我們一條森林小路，於是我們沿著那條路直直走，結果不知不覺間就走出了森林。

這樣神奇的現象讓我又再度驚訝得眨眨眼睛。

然後在走回《白帆之都(White Sails)》的路上——

「……話說，碧。」

「……你想問關於那本書對不對？」

我對走在旁邊的碧點點頭回應。

就算她說是因為職業病，想要找些詩歌的新題材——我想應該也不至於會為了那種目的耗費這麼大的功夫吧。

與其要這麼辛苦，還不如自己靠想像創作故事還比較好。再說如果只是為了那種目的，根本沒必要找什麼畢業校友名簿。

「嗯～……」

碧稍微思考了一下。

她雖然平常總是活潑得有如小孩子，但是像這樣的時候又會飄散出大人般成熟的氛圍。

「……以前呀，在我還沒當吟遊詩人之前，曾有個一同旅行的夥伴。」

碧彷彿遙望著遠方似的，如此呢喃。

我見到她那樣的表情，頓時什麼話也講不出來，只能默默走在旁邊。

不知不覺漸漸要下山的夕陽照得周圍的白雪閃閃發亮。

「那是個有著一頭暗金色的秀髮，眼睛像大海一樣藍的漂亮大姊姊。我們偶然同路，而且個性莫名契合——後來我才知道，她是個很厲害的魔法師。」

我什麼話也沒回應，只是配合碧的腳步繼續走著。

一邊眺望夕陽，一邊傾聽她口中說出的話。

「她似乎是在探訪各地的遺跡，尋找現今已失傳的《記號》。但因為人太好了，老是在幫忙人們解決各種問題。雖然知名度沒有很高，不過聽說她在那個地區被大家稱為『英雄』的樣子。而她確實使杖技術很好，腦袋聰明又幽默風趣，擅長的哥雷姆魔法也很厲害。

而我也因為覺得有趣，忍不住就跟著她到處繞了很多路——最後到了彼此通往目的地的分岔路時，我們說了一句『那就再見囉』便揮揮手告別了。」

碧的眼神望向遠方，看起來就像在回想往事。

「……可是她才跟我分開沒多久就喪命了。聽說是為了保護一個城鎮，和大量來襲的妖魔奮戰而死的……」

「那真是……」

「哦哦，你不要誤會。我並不是對她的死覺得怎麼樣。當然那很教人傷心，但她心中也有抱著覺悟吧？既然本人都抱有覺悟了，我也不會想再多說什麼。只是呀……」

碧的表情頓時蒙上陰影。

「我沒辦法接受那樣的覺悟很快就被人們遺忘了。」

根據碧的描述，那位英雄的死，一開始受到大家惋惜。

然而那件事很快就被日常的生活沖淡、遺忘，漸漸地再也沒有人提起那位英雄的名字。

「…………」

這個世界非常危險。

因此所謂的英雄總是誕生了又虛渺散去。

世事就是如此。然而——

「被大家高高拱起，受到大家感謝，可是死了之後就一切結束。我不喜歡這樣。」

一個人的覺悟可不是什麼消耗品呀！碧如此主張的聲音中，充滿凜然的決心。

「所以我要透過詩歌將它傳頌下去……於是開始了我的歌唱生涯。」

「…………」

我們走在黃昏的道路上。

人們趕著回家的喧鬧聲越來越近。

「不過，我開始唱歌之後漸漸注意到一件事。」

「什麼事？」

「英雄的武勳詩呀，是一種希望呢。」

這世上有人願意靠自己傑出的武力或魔法拯救人民。

有人願意為大家戰鬥。

或是曾經為了大家奮鬥。

「對於大家來說——這就是希望呀。」

就好像你最喜歡的三英傑一樣。

或是像現在的你一樣。

碧如此說著，對我露出笑容。

「……你看。」

她伸手一指。在黃昏的天空中，今晚的第一顆星閃耀著光彩。

「在黑夜來臨之前，首先綻放光芒的第一顆星。」

所謂的英雄就是那樣呀。碧如此說道。

「就像梅尼爾對人生湧起了幹勁，或是像雷斯托夫似乎打算要留在你身邊為你效力那樣……只要你往前邁進，自然就會有人從後追隨。」

這不是很厲害的一件事嗎？碧說著。

於是我露出微笑，「是啊」地點點頭。

因為她說得一點都沒錯。

就像現在，我也依然在追逐著。

追逐著那三個人的背影。

如果真的有人願意追隨我，那肯定就代表為我帶來光明的那三人的人生並沒有白費……

「所以我要大聲歌唱，告訴大家閃耀的星星就在這裡。」

碧「踏踏踏」地往前走出幾步，轉回來露出燦爛的笑容。

那美麗的笑臉甚至讓人也忍不住跟著笑起來。

「……呼～！我的故事就講到這邊！啊～講著講著我就想唱歌了呢！」

「嗯，要找個地方開唱嗎？」

「好耶好耶，就去賺個一筆！難得有這個機會，威爾也來幫忙熱場子跟收錢吧！」

「沒問題。」

碧想必不會一直留在我身邊吧。

她的信念是要尋求詩歌、傳播詩歌，因此絕不會想要只留在同一個場所。

不過就算她離開了，也肯定會再回來。

「如果妳不介意，就讓我聽聽那位魔法師的歌吧。」

「……嗯，也好，就唱給你聽吧。反正我也補充了很～多的資料呀！」

然後就算我哪天在什麼地方戰死了，她也一定會——

「竟然可以請聖騎士大人幫忙撿硬幣，真是太豪華了！」

我們如此笑著，邁步走向廣場。

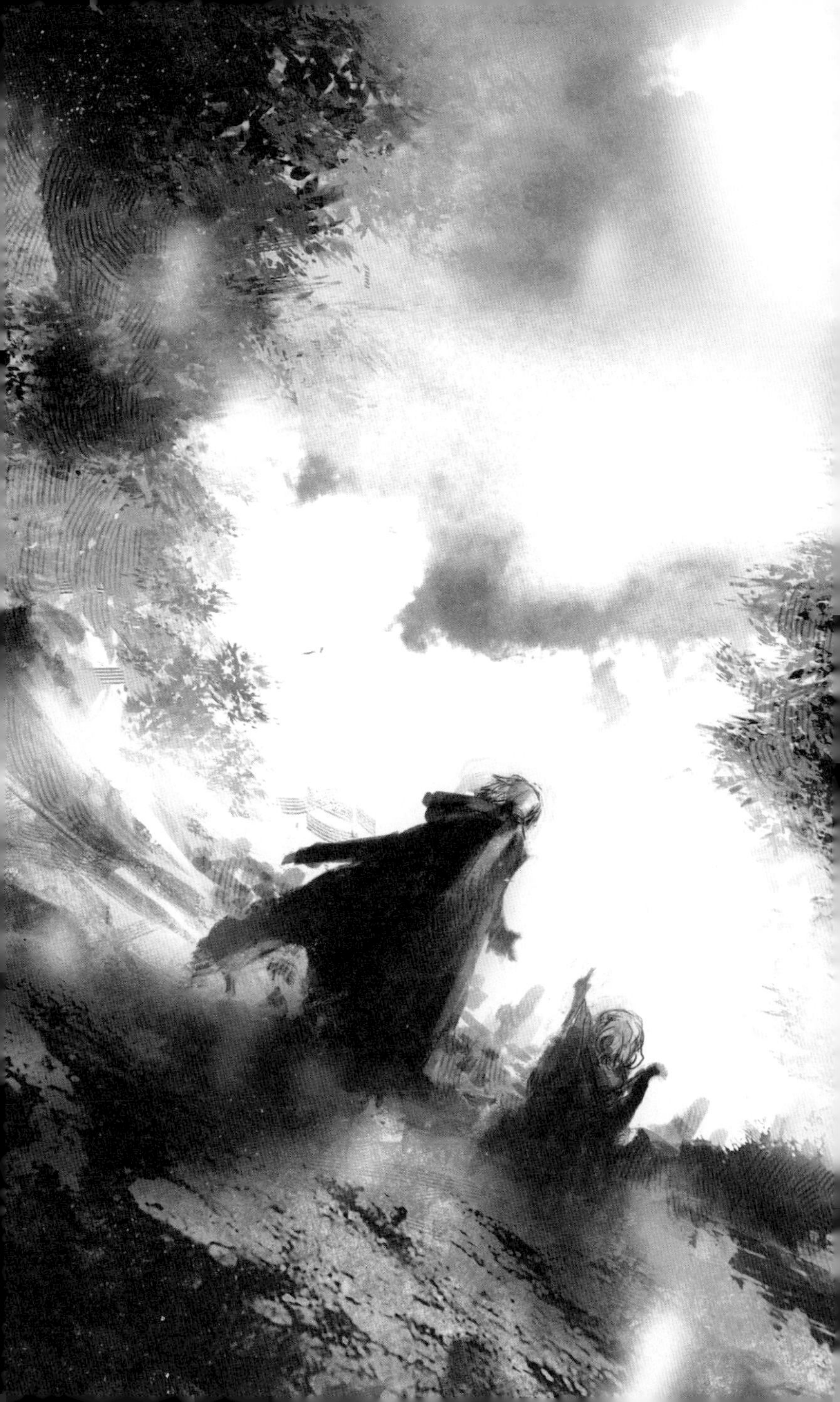

4：聖騎士與無敵的巨人

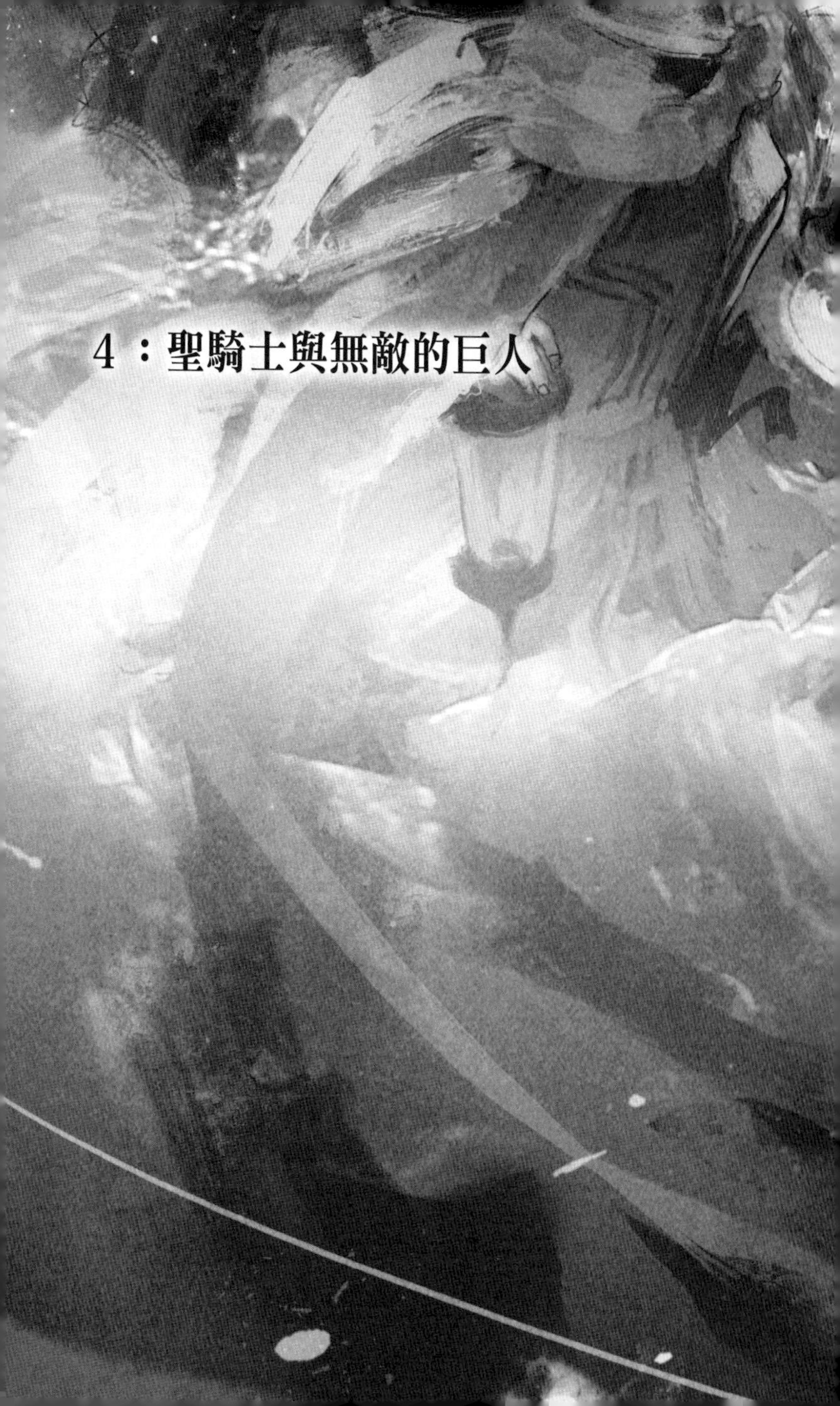

這次的對手實在非比尋常。

「去去去去去死死死死死死吧啊啊啊啊啊啊啊啊——————！」

伴隨有如地底震盪般、帶有怒氣的嘶啞吼聲，一根巨大的棍棒用力揮過。

……不，那玩意真的可以稱之為棍棒嗎？

隨著因韌性造成的彎曲呼嘯揮過的，是粗到約有一個人雙臂環抱程度的**樹幹本身**。

即便有折掉樹枝使其姑且呈現棍棒的外型，但那應該也不是生物能夠抓在手中亂揮的玩意才對。

要是被它擊中，絕對必死無疑——

「——！」

我從底下躲過水平橫掃的那根樹幹，一口氣鑽入對手面前。

瞄準的目標是對手腳踝。

「喝呀啊啊啊！」

我將改造成薙刀的《黎明呼喚者（Call Dawn）》砍向對手巨大的踝骨。

黃金利刃描繪出軌跡——

攻擊頓時**消失**了。

不知不覺間，刀刃停止下來。

我嚇得臉色發青。

明明是有如用斧頭砍向巨樹一樣使出我全身的扭轉力道用力揮出的薙刀，卻像是動能全都不知消失到哪裡去似地靜止在半空中。

既不是被擋下，不是被彈開，也不是被撥開。

我只能形容是自己原本要砍向對手身上的動量忽然完全不見，非常不可思議的停止現象。

——又來了。

每次我只要攻擊眼前這個對手，就會發生這個神祕的現象。

「哦哦哦哦哦哦哦哦哦啊啊啊啊啊啊啊啊啊啊啊啊啊啊啊啊啊啊啊啊！」

對方的腳從我頭頂上踩來。

我趕緊跳向後方閃躲，重新與對手拉開距離。

……發出咆哮的對手，是一名巨人。

身體巨大到甚至連以前認識那位身高三公尺以上的森林巨人（Forest giant）剛古先生都讓人覺得矮小的程度。

尺寸感覺完全被搞亂，就算抬頭仰望也無法判斷對方究竟有多大。

如果在陽光不充足的場所有一座山丘忽然在眼前站起來俯視自己，大概就是這樣的感覺吧。

有如岩壁的肌膚上長有茂密到讓人會以為是毛皮的青苔。

臉部有個巨大隆起的鼻子，青苔縫隙間可以看到發亮的眼睛。

粗壯的手臂使人聯想到年歲久遠的大樹。

結實的腿部就像巨岩一樣。

確認了這些特徵後——

「喝啊！」

我再度鑽過瘋狂揮甩的棍棒縫隙間，瞄準對方腳部的肌腱突刺。

接著翻轉薙刀，用握柄尾端狠狠敲打。

「——！」

可是這些攻擊依然沒用。

巨人為了踩扁在他腳邊鑽來鑽去的我，高高舉起他的腳——

「梅尼爾！」

「『火蜥蜴(Salamander)啊，燒死他』！」

在後方不遠處找到岩石藏身的梅尼爾高聲詠唱火焰的咒語。

以梅尼爾丟在附近的火把為起點竄出火舌，朝巨人的臉部直伸而去。

——當場命中。

我預想到烈焰有如紅花綻放般炸開的景象——但實際上卻沒有發生那種事。

射向巨人的火焰伴隨搖曳停止下來，接著忽然消散。

「哦！哦？」

不過只要看到有火焰逼近眼前，任誰都會感到動搖。

為了踩扁我而把腳抬高，卻被《火焰吐息》(fire breath)射向臉部的巨人當場失去平衡，伴隨撼動周圍一帶的轟響與震動，倒在地上。

四周一片塵土飛揚。

大概是摔得很痛的關係，巨人接著發出呻吟。而我這時早已重新與他拉開足夠的距離。

不過——

「哦、哦、哦哦哦哦哦哦哦哦哦……」

「該死！果然一點都沒效！」

摀著自己臉部打算站起身子的巨人臉上完全沒看到一絲被熱燙傷的痕跡。

看來他剛才倒下去並不是因為受到傷害，純粹只是火焰直擊的耀眼光芒讓他吃驚後仰而已。

為了阻止他站起身子，梅尼爾又追加施展《風之刃》(wind cutter)與《岩石之拳》(stone fist)。

屬性各式各樣，瞄準的目標也廣範圍分散在膝蓋、腹部、脖子、臉部等等部位，但結果都一樣。

有擊中。

然而在不可思議的停止現象影響下，完全沒有效果。

——利刃對他沒用。

靠《黎明呼喚者》也不行，因此恐怕不是什麼魔劍靈劍等級的問題吧。

——妖精師的咒語也沒用。

梅尼爾同樣有理解狀況。

他從剛才就用過像是火、風或土等等常見的攻擊，甚至連他平常不太使用的恐怖或混亂妖精造成的精神性攻擊似乎都試過了，卻都沒有效果。

既然這樣——

「…………」

我深吸一口氣，站穩腳步——

「《雷電》！」

——魔法怎麼樣！

有如破鐘被用力敲響，或者宛如大砲發射般的巨大聲音響徹四周。

隨著大氣被燒灼似的焦味，一道雷電擊中了巨人的胸口。

◆

「…………騙人的吧？」

梅尼爾發出傻眼的聲音。

而我也是同樣的感受。

──《雷電》（tonitrus）的攻擊，就連閃電都在巨人胸前不可思議地靜止下來了。

利刃沒有用。

妖精師的咒語也沒用。

魔法也沒用。

我們所有的攻擊手段，對這個巨人都沒效。

「啊啊啊啊啊啊啊啊啊啊啊啊啊啊啊啊啊啊啊啊啊啊啊啊！」

對方反擊的棍棒朝我揮來。

「嗚……！」

我趕緊跳起來。

雖然因此躲開了棍棒的前端，可是……

「嘎啊啊啊啊啊！」

這附近一帶都是岩石。

巨人只要把他槌在地上的棍棒有如舀起物體般往上撈，就會像火藥爆炸般有無數的大小石片朝我飛來。

「燈火庇佑！」

千鈞一髮之際，《神聖盾牌（sacred shield）》趕上了。

顯現在半空中的閃耀盾牌為我擋開飛來的石片。

真是一場只要隨便被擊中一發都絕對難逃重傷的濃密攻防。

對精神上和肉體上的消耗都很激烈。

「吁……！吁……！」

我不禁呼吸急促，全身熱得汗水直流。

必須想想辦法突破這個狀況才行，可是——

「偉大的巨人啊！已經夠了吧！請你接受跟我們對話……！」

「快快快滾滾滾滾滾啊啊啊啊啊啊啊啊！」

「——……！」

就算想嘗試溝通，對方打從一見面就是這個樣子不斷我們毆打而來。

嘴上說叫我們「快滾」，但攻擊氣勢上完全是打算把我們殺掉。

因此我們只能逼不得已下閃避並反擊，然而我方的攻擊手段卻全都無效。

雙方都沒能給予對手有效的打擊，使狀況完全陷於膠著。

——究竟該怎麼做才好？

如果只是攻擊無效，我也姑且可以想到兩、三個方法對付。

可是我真的應該付諸實行嗎？

若考慮到這位巨人的情況，我方撤退或許才是正確的選擇吧。

然而在這個狀況下想要順利撤退也是一件很困難的事情——

正當我在攻防之中如此思索的時候……

……我打算用力一踏的岩石卻在被我踩上去的瞬間大幅傾斜。

——啊。

我的背上頓時噴出冷汗。

腳踝被扭向奇怪的角度。

原本衝刺的速度停不下來，讓我全身往前傾倒。

——糟糕。

——這很不妙。

——狀況發生後已經太遲了。

——是無可挽回的嚴重失敗。

視野變成一片灰色。

眼前的景象看起來緩慢無比。
從前方朝我接近的……
——是水平橫掃的巨大棍棒。
那巨大的影子有如慢動作播放似地緩緩逼近。
就在碰撞的瞬間，隨著激烈的衝擊力道，世界恢復色彩，時間恢復速度。
我全身飛在空中。
是被打飛的。
可以感覺到內臟偏移了位置。
從遠方傳來梅尼爾的叫喊聲。
岩石地。
陡峭斜坡。
我往下翻混——
好痛。好痛。好痛。
「砰」的一聲，我的頭不知撞到什麼東西。
痛得眼淚都流了出來。

身體誇張地不斷彈跳。

往下掉落。

在模糊的視野前方……

我看到巨人的臉……

低頭俯視著我——

——……………

…………

……

——就這樣，我嘗到了敗北的滋味。

◆

「……城裡的銅幣不夠了。」

時間回溯到幾天前。

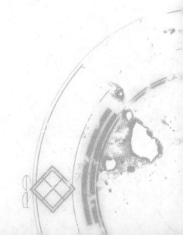

場所在《燈火河港(Torch Port)》。

討伐了邪龍瓦拉希爾卡之後，等待著我的是一次又一次的魔獸討伐工作。而我為了補充因此消耗的各種雜貨以及買雙新鞋子而來到街上的店，結果聽到了托尼奧先生一臉傷腦筋地對我如此報告。

「畢竟這座城鎮的規模急遽在擴展，因此這點其實是從以前就存在的隱憂……不過在邪龍被成功討伐之後，人們也安心下來，使買賣行為變得頻繁……」

「啊～……這方面的問題也就隨之浮現了是嗎？」

我也像是被感染似地露出了傷腦筋的表情。

「差不多出現徵兆了嗎？」

「是的。」

在貨幣的生產與流通都十分發達的前世，「貨幣數量過多或不足」這種問題頂多只有在討論到國家規模的巨觀經濟時才會被提出來。

然而在這個世界，那是更為單純而常見的問題。

這個世界無論是聚落之間的來往或商業交易的次數都還很少。

位於各處的聚落就好像各自獨立的一個世界，而存在於一個聚落的貨幣數量根本是少到若真要數也數得完的程度。

如果只是同個聚落的居民互相交易，那麼貨幣也只會在內部循環。

然而如果是到都市採買農耕工具或家畜，貨幣就會外流。如果把收穫作物販賣出去，貨幣也會進來。

想當然，萬一這樣的支出與收入出現失衡，就會發生貨幣過多或不足的問題。

隨著最近人口漸漸增加，不論內部交易或外部交易都越來越頻繁的《燈火河港》雖然在規模上多少與村落不同，但上述狀況也是一樣的。

而要是交易行為所必須的貨幣出現不足，各種大小問題就會隨之發生。

——舉例來說，如果一個聚落的銅幣不足，會變得如何？

拿前世的狀況來比喻，就是像只有十元和百元的硬幣大量減少，紙鈔卻充分流通，使得兩者間無法順利兌換的社會。

在這樣的社會中，如果要買賣價格上有零頭的商品時，會發生怎樣的情形？

想當然，要是大家手頭的硬幣都很少，每個人都會變得吝於使用硬幣。

畢竟要是支付林林種種的瑣碎金額時必須用到的硬幣被用光，在進行各種交易時都會很傷腦筋，因此買方肯定不太想要使用自己的硬幣。

而賣方同樣要是每次都乖乖找零錢給客人，等到自己的零錢都用光之後很快就會在交易上遇到困難，所以賣方也肯定不太想交出自己的硬幣。

店家變得討厭客人用大面額的紙鈔交易，而要求顧客使用硬幣付錢。

客人則是希望用紙鈔付款，換得找零的硬幣。

買賣雙方都站在自己的觀點尋求最佳的解決之道，結果就是讓狀況陷入膠著，難以達成和諧圓滿的交易。

不難想像各處會發生衝突，迫使交易停止。

萬一狀況變得更加嚴重，甚至會讓假錢氾濫或迫使人民回歸以物易物的生活……形成其他各種問題的發生原因。

就好像失血過多會危害到一個人的身體一樣，要是失去了聯繫物品交易用的金錢，便會危害到健全的經濟循環。

這就是「銅幣不足」這項問題的根本所在。

而現在的重點就是思考該如何解決這個狀況，然而……

「如果是銅幣失衡，應該無法期待問題自然消解吧。」

「……哎呀，威爾先生，你很清楚嘛。」

「因為我祖父對這方面有研究。」

今天若換成金幣或銀幣就算了，但銅幣不足的問題是很難得到自然消解的。

理由非常單純。

就拿前世的貨幣來舉例吧。

假設某個地區因為一萬元鈔票極度缺乏而表示「我們願意用十一張千元鈔票交換！」的話，會不會有人想要在一萬元鈔票充分存在的地區收集足夠數量的……例如說一千張，也就是相當於一千萬元的一萬元鈔票，然後運送到那個缺乏的地區賺取那一百萬元的千元鈔票呢？肯定會有吧。

如此一來貨幣不平衡的問題就會大致上獲得自然消解。

然而同樣的狀況假設換成某個地區極度缺乏十元硬幣，表示「只要有人拿一千枚十元硬幣過來，我們就用十一張千元鈔票交換！」的話，又會如何？

會有人想要在十元硬幣充足的地區收集一百萬枚十元硬幣，然後將包含容器在內應該將近五百公斤重的硬幣運送到缺乏的地區賺取那一百萬元的千元鈔票嗎？

而且還是在汽車或機車等等裝有內燃機的車輛不存在的狀況下。

……那麼麻煩的事情，應該不會有人想做吧。

若考慮到收集、統計、運送時的護衛等等費用以及日數，光是一百萬的收益根本划不來。

……包含這個世界的銅幣也是一樣，通常低額硬幣都是重量很重，單價又很便宜。

可以說再沒有什麼東西比低額硬幣更不適於「跨地區運送以賺取差額」這種手法了。

因此低額硬幣的過多或不足的問題無法期待自然消解——這些都是以前在上經濟課時古斯非常愉快地講過的東西。

既然如此，那麼又該怎麼解決問題？

「呃～雖然我想應該很難，但還是姑且問一下：是不是可以請托尼奧先生的店發行類似錢票的東西——」

「很難。畢竟信用不足。」

透過發行在紙張或木片上標示「幾枚銅幣」之類文字的票據，當成可以在該地區內流通的貨幣使用。

換言之就是利用類似紙鈔雛形的東西以打開局面，但這樣的手法必須要有相當程度的信用與財產。

「那麼，要去向《白帆之都(White Sails)》購買嗎？」

另外更直接的手段，就是『用錢買錢』了。

「那樣確實比較保險。不過我想威爾先生應該也知道，《白帆之都(White Sails)》似乎同樣處於慢性銅幣不足的狀況，要是在這時候向他們大量採購銅幣——」

「會有對《白帆之都(White Sails)》也造成不良影響的可能性是嗎……？我想應該不至於那麼嚴重吧。」

「是的，並不會到那麼嚴重。但是《白帆之都(White Sails)》的大人物們恐怕不會對威爾先生擺出什麼好臉色。」

「…………」

這麼說也有道理。

《白帆之都(White Sails)》同樣是為了開拓南方而建立的年輕城鎮，在王弟殿下的治理下發展繁榮。

而發展繁榮所代表的意思就是經濟規模越來越大，隨著經濟規模變大交易活動就會增多，流通的貨幣也會增加。

在有權有勢的人物之中，肯定也有一些人為了貨幣的流通量等等費盡心思吧。

就算想要對大海另一側的法泰爾王國本國要求造幣廠之類的機關增產銅幣，應該也不會簡單獲准。

在這個時代，銅幣這種東西並不是隨隨便便可以增產的。

首先材料上就會需要大量的銅，而要是收購了太多的銅，會使製造日常用品的銅數量變得不足，導致銅的價格飆高。

如此一來會變得如何？就是會發生「既然銅幣的價值比銅本身便宜好幾倍，只要偷偷把銅幣熔化鑄成銅塊就能賺大錢」的狀況。

到時候就算生產了再多的銅幣，甚至就算政府發出禁令，還是會有人私下偷偷熔掉銅幣，形成「從原材料鑄造成錢幣後很快又被熔成原材料」的慘況。

要是讓銅幣的面額價值與材料金屬的價值互相顛倒，就會非常不妙。

——巨觀的貨幣政策在前世也是相當需要用腦筋的問題，而這點在這個世界也是一樣。

而要是我跑到為了這些問題費盡苦心的人們面前，什麼也不想就大量購買銅幣——他們的確應該會感到不愉快吧。

托尼奧先生考慮得真是周到。

「但如果是這樣，請問還有什麼其他辦法嗎？」

總不可能私造銅幣吧？

首先，私下鑄造或假造貨幣是不被允許的行為，更何況製造貨幣需要花費相當大的成本。像是收集原材料、鑄造工匠的人事費用、設備費用等等……甚至有人試算過，如果是金幣或銀幣就算了，但銅幣這種東西不管製造多少都無法獲益啊。

「關鍵就在這裡——如果這方法進行得順利，搞不好還能向《白帆之都(White Sails)》賣幾份人情喔。」

「！」

這聽起來實在是相當有魅力的提案。

我忍不住感到有興趣地把身體往前傾，而托尼奧先生也咧嘴一笑。

「如果是威爾先生，肯定會知道才對。」

「……我會知道？」

「是的——知道**有堆積如山的銅幣可撿**的地方。」

「啊。」

我確實知道。

◆

被夾在《草原大陸(Grassland)》與《南邊境大陸(Southmark)》之間的《中海》沿岸地區就好像前世歷史中很多地區也曾見過那樣，有包含私造錢幣在內各式各樣的貨幣在流通。

也就是所謂的「雜種幣制」。

而在各式各樣流通的貨幣之中，貴金屬含量越高、品質越好的硬幣想當然就越受到信賴。

——那麼在這塊地區品質最佳、最受信賴的硬幣是什麼？

《法泰爾王國》鑄造的硬幣嗎？

還是矮人國家的良質硬幣？

又或者是什麼遠方強國的硬幣呢？

其實這些都不是。

在《中海》沿岸地區最受信賴的硬幣，是兩百年前製造、品質遠比現在穩定許多的《大聯邦時代(Union age)》各式硬幣。

那些硬幣作工精細，貴金屬含量又高，可以在各處遺跡被發現。

因為製造國家本身已經毀滅的緣故，不需要擔心會過量鑄造或含量被動手腳的那些硬幣，才是《中海》周邊地區現在的主要貨幣。

然後——

「確實。」

我點點頭。

「在邪龍的寶物堆中，也有銅幣。」

與瓦拉希爾卡那場戰鬥之後，我因為原本身上的衣服與護具幾乎都被消滅而在寶物堆中找過代替品，所以很有印象。

瓦拉希爾卡基於龍族喜歡收集寶物的天性，也有收藏大量銅幣。

不過似乎並沒有特別被重視的樣子。

感覺就只是「反正是自己擁有的財寶，也沒必要特地拿去扔掉」，而把多到數不清的銅幣隨便丟在寶物山的山腳邊。

當然，其中大半都是《大聯邦時代（Union age）》或者稍微再古老一些的銅幣。

「問題在於財寶的分配——」

「你認為可以拿來當成和王弟殿下交涉時的材料最好，是嗎？」

「正是如此。」

既然打倒了怪物，那麼包含怪物遺體在內的所有戰利品都應該歸勝利者所有，這就是這個世界討伐怪物時的原則。不過當時挺身參加邪龍討伐的五個人全部都有獲得戰利品的權利，因此我不能把那數量龐大的財寶擅自拿來使用。

再加上那些財寶之中也有許多《黑鐵之國》遺留下來的寶物，必須顧慮到原本《黑鐵之國》的人民們。

老實講，關於那方面的財寶分配感覺會變得很複雜，而且大家最近都很忙碌，所以才暫時保留了這個問題——

「首先就以保證會把一定數量的銅幣便宜賣給《白帆之都》(White Sails)的埃賽爾巴德殿下做為交涉條件，請對方在《黑鐵之國》與《花之國》(Lhoth dhol)的復興上給些方便。至少如果是為了這樣的目的整理邪龍的財寶，所有關係人應該也都比較容易接受吧。」

托尼奧先生語氣溫和、有條有理地如此對我說明。

「將值得信賴的人物派到山中，盡早將邪龍的遺體與財寶安全保存並鑑定價值。那數量應該相當龐大吧？當中想必也有難以分配或無法估計價值的東西，另外也要提防盜竊。不但要挑選值得信賴的鑑定人員、警備人員與保存人員，再加上運送工作想當然也會需要相當多的勞力。即便如此，我認為這些都還是值得去做……」

他一句接著一句，非常流暢地說著。

我也感到很有道理地點點頭後——

「……那麼，請問我大概要付給你多少錢呢？」

聽到我開玩笑似地這麼詢問，托尼奧先生頓時沉默一瞬間，接著「哈哈」地笑了起來。

◆

「不愧是聖騎士大人，全都給你看穿啦。」

「畢竟我有被祖父訓練過。」

我們兩人如此說道後，默默地相視而笑。

托尼奧先生雖然是我的朋友，但他更是一名獨立的商人。

只要讓他知道有一堆從神話時代就存在的龍收集下來的大量財寶，他肯定會思考如何從中獲得利益。

而托尼奧先生要從中創造利益並不是什麼難事。

瓦拉希爾卡遺留下來的驚人寶山真的是數量非常龐大，不是像故事那樣「討伐了邪龍，獲得了寶物，可喜可賀」就能畫下句點的。

財寶當中甚至有大量必須仔細整理分類、鑑定保存，否則可能會成為禍根的魔法道具。再加上數量也多到嚇人，光是要移動位置都必須耗費相當大的勞力。

而不論是我或者當時與我同行的人，都沒有足夠的技術與動員能力能夠將邪龍收藏的那些堆積如山的財寶進行整理分類、鑑定保存並合理利用。

——我們都沒有辦法妥善處理那堆財寶。

若真的硬要挑人選，大概只有立場上可以對原本《黑鐵之國》的矮人族們下達命令的祿。但是他本身還不成熟，而且那些人力也不算足夠。

想要用幫忙我們為藉口趁虛而入的機會要多少有多少。

也就是表面上笑著說「看在我們是朋友的份上，就幫你扛下這份工作吧」而介入其中，然後以各種經費為名義從財寶中獲取利益。

這實在是相當漂亮的手法，但我更加佩服的是——

「即便這麼做也不會有人吃虧，就是托尼奧先生厲害的地方。」

「…………」

托尼奧先生頓時眨眨眼睛。

「我毫無疑問是企圖從威爾先生擁有的財寶中抽取幾成的利益喔？」

「我並不會看不起關於金錢或行商之類的行為——而且如果無法妥善管理，甚至連擁有的數量都無法正確掌握的財寶根本稱不上是財寶啊。」

靠我個人要去管理那堆財寶山之中至少五分之一的財寶，是不可能的事情。

到頭來還是必須把管理工作委託給別人。

而既然要請人來做事，支付金錢給對方是很理所當然的。

「我能夠讓財寶獲得管理。托尼奧先生可以透過付出管理上的勞力而持續獲得利益。為了要整理龍的財寶，進出《黑鐵山脈（Iron Mountains）》的人類與矮人也會增加，使得沿途道路的安全性與居住環境逐漸整頓，對於希望復興國家的祿他們來說也有利。而應該會成為沿途必經之路的《花之國（Lhoth dhol）》也會因此受惠。為了處理各種雜務想必也要雇用很多人手，使得就業機會增加而造福鎮上的人民與外來的移民們……而且靠托尼奧先生的腦袋肯定也有想到利用邪龍的銀幣與銅幣支付那些薪水的手法吧。」

如此一來就會以《黑鐵之山》的工作為起點，使得《燈火河港（Torch Port）》周邊有充足的銀幣與銅幣流通。

周邊地區能夠受惠，又能多少解決貨幣不足的問題。

整體看起來沒有任何人會受到損失。

雖然剛開始托尼奧先生只是態度輕鬆地向我提出這項提議，不過無論是從全體規劃看起來，或是考慮到托尼奧先生的個性，我都覺得他肯定是經過仔細思考與推估而想出這個方案的。

「……真是非常出色的計畫，感謝你如此用心。」

即便我聽到對方的提議後也能跟著在自己腦中描繪出同樣的構想——但我一開

始既沒有想到這樣的點子，而且應該也沒辦法實際執行。

畢竟我沒有做這些事情所必要的人脈，關於細節上的實務知識也不足夠。

我是個戰士，是神官，是魔法師。

雖然有跟古斯學習過而能夠大致上理解關於金錢的事情，但終究不是真正的商人。

在做生意上，靠我自己一個人是無法做好的。

那麼身為正職商人的托尼奧先生就能輕鬆辦到嗎……我想大概也不是。

畢竟他也還是新興城鎮中的新興商人，無論人力、物資或信用上都還不充足。

「我相信這會是一項大規模的事業，而且也有人說邪龍的財寶會使人瘋狂。不但誘惑會很多，或許還會招到其他人不講理的怨恨。」

雖然我們是拚上性命打倒了邪龍，然而管理龍的財寶肯定同樣也有很多艱苦的部分。

……並不是只有使用武器挑戰邪龍才叫戰鬥。

……使用金錢做生意同樣也是戰鬥。

萬一失敗，將會有許許多多的人死於街頭。

並不是被劍砍死，而是失去工作，失去驕傲，失去尊嚴，迫於飢餓而走上犯罪的歧途，或是抱著絕望而死。

如果說挺身挑戰甦醒的邪龍叫作勇敢的戰鬥，那麼每天為人創造工作機會，促成許多交易，推動金錢循環也一樣是勇敢的戰鬥。

至少兩者同樣都是只要成功便能拯救許許多多的人。

因此——

「托尼奧先生是值得信賴的人物——請問我可以將自己的背後交給你嗎？」

我把手放到左胸，注視著托尼奧先生如此說道。

「…………」

他沉默了好一段時間，雙眼凝視我的眼睛。

就這樣，我們靜靜對望了一會。

「我願對守護您的燈火之神葛雷斯菲爾，以及商業之神——風神瓦爾發誓。」

托尼奧先生接著輕輕把手放到左胸……

「——我會守護您的背後。請放心交給我吧。」

用嚴肅的口吻如此說道。

然後對我伸出手來，與我互握。

是代表契約成立的握手。

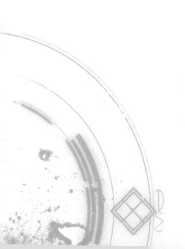

就這樣，我與托尼奧先生針對龍的財寶進行了商量討論。

今後我必須要做的工作清單中又追加了一項任務。

——就是要找出通往《黑鐵山脈(Iron Mountains)》的路徑。

◆

當然，現在已經有一條溯河而上，經由我的故鄉《死者之街》，再通過《花之國(Lhoth dhol)》的路徑。

但那一條路經過的是名副其實的開拓最前線地區，路途上有許多危險。而且如果要從《白帆之都(White Sails)》前往，等於是繞了很長一段路。

一方面也考慮到今後的銅幣運送工作，把過去應該存在過、連結《白帆之都(White Sails)》在內的北方沿岸地區與《黑鐵山脈(Iron Mountains)》的古代道路重新找出來應該會比較好。

畢竟通過《中海》的貿易路線在《大聯邦時代(Union age)》也是很重要的存在，所以絕對不可能完全沒有路才對。

有時間的時候就去探索看看吧——就在我如此打算的時候……

「……無敵的、巨人？」

我聽到了這樣一項傳聞。

「是啊。雖然只是聽人講的，不過似乎有什麼東西喔？」

「等、等等啊，格雷！面對領主大人怎麼可以那樣……」

「都事到如今了才改變態度也讓人很不舒服吧？」

「嗯，那方面你們不用太在意，亞歷克斯也放輕鬆點。反正現在也不是什麼正式場合。」

這裡是《燈火河港（Torch Port）》的河邊道路。

在排列有幾條棧橋，冬季寒風吹過的這個場所與我偶然相遇，並告訴了我這項傳聞的，是以前我將《朧月（Pale Moon）》磨成的匕首贈送的對象——冒險者格雷小弟弟與亞歷克斯小弟弟。

他們兩人後來似乎都順利接到委託活了下來，最近身上的裝備也變得稍微比較好了。

原本只有穿粗麻衣服，拿粗糙的棍棒與弓箭的黑髮少年格雷小弟弟，現在身上穿著一套皮甲，棍棒也換成了一把看起來很耐用的戰槌。

至於紅髮的亞歷克斯小弟弟——搞不好是小妹妹，但我不打算多問——雖然依舊是穿著一套深色斗篷，手握梣樹木杖，不過在斗篷底下似乎有多穿了一件輕便的鎖子甲。

沒有輕忽護具是件好事。而且他們的背包與腰帶上的包包看起來也有特別挑選過，這點同樣值得給予很高的評價——更重要的是我看到格雷小弟弟的腰上還掛著《朧月（Pale Moon）》匕首，胸口頓時感到一股暖意。

《朧月（Pale Moon）》的旅途還沒結束，它依然在為人效力。

「在《魔獸森林》的東北部，《鐵鏽山脈（Rust Mountains）》——你把那裡從邪龍手中解放之後好像改叫《黑鐵山脈（Iron Mountains）》了是吧？在那附近的村落似乎為了河川水質很差而傷透腦筋，可是近處乾淨的水源地卻被凶暴的巨人占據為地盤，讓人束手無策的樣子。」

「呃～然後有幾名很強的冒險者聽到這個傳聞而前往挑戰，可是大家都敗退了。」

「那就是《無敵的巨人》？」

格雷小弟弟與亞歷克斯小弟弟聽到我詢問，便同時對我點點頭。

「畢竟只是傳聞，我知道得也不是很清楚啦，但總之就是個無敵超強超難對付的巨人，看誰如果真的能打倒他就是大功一件的樣子。」

「我們在各處的冒險者酒館都聽到好幾次這項傳聞。本來一開始還以為是大家喝醉在胡言亂語，可是也有清醒的人在講這個傳聞……」

「哦～？」

我稍微陷入沉思。

在這個世界，傳聞是很重要的情報來源，但同時也經常會參雜假消息。

在前世也是一樣，所謂的假消息其實意外輕易就會形成。

例如說有人看到一處教人毛骨悚然的場所，於是開玩笑說出「那種場所感覺就像有惡魔潛伏啊」這種話。

而有人聽到那樣的發言，就向其他人說「那地方搞不好有惡魔潛伏」這樣的話。

不知不覺問傳聞就會變成「聽說那地方有惡魔潛伏」這樣的內容，導致根本就不存在的惡魔威脅因此產生。這種情況相當常見。

甚至也有不是透過這樣的偶然，而是有人希望受到周圍注目而煞有其事地講出漫天大謊，以滿足自己的表現慾或虛榮心，這樣教人傷腦筋的情況。

因此就算聽說「有巨人」這樣的傳聞，我也不會立刻相信——不過我剛好正打算要調查一下通往《黑鐵山脈（Iron Mountains）》的路徑。

「我就稍微去調查看看吧。」

「真的假的？接著邪龍之後又是巨人，你還真的很不要命啊……」

「畢竟有人為了這個問題在傷腦筋啊，而且我剛好在那附近有事要辦。總之我至少先去確認看看是不是真的有巨人在。」

謝謝你們提供情報，下次如果又聽到什麼事情再告訴我吧。我如此說道，並遞給他們幾枚銀幣與銅幣。

「啊、我、我們不能收這麼多——」

「這是情報費啦，情報費。既然是冒險者就稍微對利益貪婪一點會比較好，請拿去填補什麼開銷吧。」

我說著，將錢幣硬塞給對我客氣的亞歷克斯小弟弟。

他稍微遲疑了一下後──

「好的。要稍微對利益貪婪一點……我會記住的。」

總算如此點點頭收下了硬幣。

「那我要走囉……啊對了，格雷，那匕首用起來怎麼樣？」

「有一次我被魔獸壓到身上差點沒命的時候，千鈞一髮之際把這玩意刺進對方體內得救了──真是一把好匕首，謝謝你啦。」

面對咧嘴一笑的格雷小弟弟，我也咧嘴一笑回應，並帶著親暱的態度用拳頭輕敲了一下他的肩膀。

◆

或許是從《黑鐵山脈（Iron Mountains）》吹下來的山風使然，這塊土地的寒氣相當強烈。

附近一帶的土壤看起來也不是很肥沃。

在陰沉沉的天空下，農作物都彎低身子，彷彿趴在地面似地生長。

種植的東西有冬小麥以及蕪菁、紅蘿蔔等根菜類。

雖然都是很常見的品種，但感覺都萎縮而沒有精神。

造成這樣的原因當然有氣候因素，另外——

「嗚嗯……這也太糟了吧。」

就是讓梅尼爾不禁如此皺眉的河川水質吧。

這裡的河水全被染成了紅褐色。

而且不是像上游的沙土被雨水沖刷而讓河川暫時性汙濁，或是河床本身就有許多紅色石頭之類單純的原因。

只要趴到河邊就能聞到水中帶有生鏽般的氣味。

舔一下也能嘗到些微苦澀的味道。

「畢竟這條河看起來應該是從《黑鐵之山》流下來的——大概是源頭的地下水脈有流經鐵礦床吧？」

這是水中含有的鐵與空氣中的氧結合而把水染成紅色的。

我記得這應該是叫鐵鏽水或褐水。

如果只是鐵含量稍微過高倒還好……但搞不好還混有來自其他礦物的成分。

——感覺真可怕啊。

不過既然有人可以居住在這裡，代表這河水應該沒有喝了就會當場怎樣的毒性。

但至少味道苦澀，顏色也噁心，喝進嘴裡想必不會覺得舒服吧。

我們沉默了一段時間後，沿河岸道路望著周圍的田地走著。

忽然——

「喂——！」

一名包著頭巾在稍遠處的農田工作的農夫先生注意到我們兩人而叫了我們一聲。

「怎麼？你們是冒險者嗎——？」

於是我也深吸一口氣，大聲回應：

「是的～！類似那樣——！請問農田狀況怎樣——！」

「還過得去啦——！」

「村長在嗎——！」

「在啊——！你們沿路走，在山丘上那屋子就是——！」

「麻煩你了——！謝謝——！」

「城裡最近如何啊——！」

「山上的龍被討伐了——！冬至祭典想必會很盛大喔——！」

「哦哦，原來那傳聞是真的啊——！那就安心啦，好消息啊——！」

那麼就再見啦。我們如此遠遠揮手，互相告別。

「像這樣的事情你也變得很習慣了嘛。明明你以前就像個貴族家的少爺一樣文靜的說。」

「畢竟都過了三年啦。」

我和梅尼爾一邊這麼交談，一邊沿著田間道路繼續往前走。

就在我們跟田裡幹活的農夫們又同樣問候了幾次，並走向村落的房子區時——

「哈哈哈——！是來客啊——！歡迎你們——！」

大概是聽到了我們的聲音，山丘上走出了一名大概是村長的人物。

給人感覺相當有精神，而且還是個年輕的女性。

從身上那把劍鞘刻有徽章的短劍看起來，她應該是一名貴族…………貴族？

◆

「哇哈哈！我萬萬沒想到來客竟然是那出了名的《世界盡頭的聖騎士》一行人啊！哎呀，總之你們別客氣盡量吃吧！雖然很難吃就是了！」

「嗚呃，還真的有夠難吃……！」

「噗哈！你這傢伙真老實！我聽說你是繼承了精靈血脈的秀麗男子《迅敏之翼》，還以為是個多麼優雅又高貴的男性，結果根本是個粗人嘛！」

「所謂的武勳詩不都是那樣嗎？誇張、誇大、誇耀，那群詩人什麼東西都喜歡搞得很大！色老頭胯下那根搞不好還比較安分哩！」

「喂喂喂！你真的有繼承精靈的血脈嗎？優雅高貴到哪裡去了！」

「喂喂喂妳有資格講別人嗎？端莊嫻淑到哪裡去了——噁，這麥酒也超難喝！你們喝這種酒怎麼過日子啊！」

「就是說啊！酒很難喝就是不行，氣氛都沒啦！」

「早知道連酒也帶來就好啦。來，這是我們的伴手禮，收下收下！」

「這是——哦哦，是鹽巴！太感激啦！」

對話以驚人的速度你來我往。

聽著這段怎麼想也不是面容俊俏的半精靈與擁有高貴血統的女性之間應該有的對話，我忍不住當場呆住了。

或許我在這部分依然還像梅尼爾所謂的「貴族家少爺」吧。

那兩人吃著將小麥與各種野草煮爛做成的粥——因為使用的是河水所以帶有一點紅色，而且飄散異味——並喝著麥酒，互開粗野的玩笑又一起哈哈大笑。

這位村長自稱叫作卡梅拉．法拉卡。

「雖然姑且算是個女性男爵，但實際上是有等於沒有的最低貴族爵位啦！你們可別叫我什麼法拉卡女士喔！」

如此說著並豪邁大笑的法拉卡小姐——雖然這樣形容女性有點失禮，不過即使隔著身上的工作服也能看出她充滿凹凸的身材線條。

這裡所謂充滿凹凸並不是說她胸部或屁股很大、腰身很細什麼的，而是單純指她體格很壯碩，滿是肌肉。

年齡看起來應該二十五歲左右。

頭髮與眼睛的顏色相當深濃。

雖然臉部輪廓還像個女性，但因為眉毛又粗，態度又豪放，如果穿上男裝別人恐怕還會相信她是什麼出名的武士吧。

而且講話口吻也粗魯得嚇人，要不是聲音以男性來講稍嫌尖銳，還真的一點都不像女性在說話。

「女性男爵——也就是說，法拉卡小姐是……」

「沒錯，就是所謂的回鄉組啦。」

兩百年前，惡魔們的《上王》引發的大亂之中，《南邊境大陸(South mark)》遭受到毀滅性的傷害，文明地區幾乎消失，人民都逃往了北方的《草原大陸(Grass land)》。

然而當時《草原大陸(Grass land)》同樣非常混亂，實在不可能有餘力重新征服《南邊境大陸(South mark)》。

於是城鎮的遺跡被樹林掩沒，河川改變流向，許多具有威脅的存在到處橫行——《南邊境大陸(South mark)》成了人類未開拓的最邊境地區。

過了幾十年後。

統一了《草原大陸》西南部的法泰爾王國在當年國王的推動下，展開了往《南邊境大陸》的開拓事業。

自稱是繼承了原本《大聯邦時代》就存在的同名王國——雖然實際上似乎有點可疑就是了——的法泰爾王國也有所謂「復興故土」這樣的大義名分。

而在當時那樣的趨勢中推波助瀾的——

「我的祖先據說在《大聯邦時代》的前法泰爾王國擁有這附近一帶的領地。」

就是像這樣過去曾在《南邊境大陸》擁有土地權利的貴族們。

兩百年前當時，在《草原大陸》與《南邊境大陸》都擁有領地的大貴族們即使在《南邊境大陸》被攻陷之後依然保有威勢。

而就算是只有在《南邊境大陸》擁有領地的貴族也有順利逃到北方，或是擁有繼承權的人當時留在北方的家族倖存下來，利用其教養與血統成為仕官貴族，為各種國家的宮廷效力。

當然其中也是有滅亡或沒落的貴族血統，不過貴族之間透過婚姻締結的連帶關係其實不容小看。

靠著多多少少的互相扶持，據說有不少的貴族血統都存活了下來。

對那些人來說，復興故土可說是代代的宿願。

因此法泰爾王國的《南邊境大陸（South mark）》再征服、再開拓行動背後的原動力，就是來自這些貴族的出資。

然而——

「話雖如此，你們看看這村莊就知道，我的家族只是曾經在南方擁有幾小塊貧瘠土地的貧窮貴族。即使在北方也只是每天打算盤記帳，到處跟有關係的人士卑躬屈膝才總算能領取微薄薪水的家族。

當年見到再開拓行動似乎威勢不錯，就趕緊想辦法籌措資金，把包含喜歡耍武的頑皮女兒在內的幾個人給送到了南方……就算在回鄉組當中也只是微不足道的小貨色啦。」

就好像法拉卡小姐所說，那些貴族們的狀況也是差異懸殊。

像王室就是統合了好幾個南方舊貴族的血統，在《南邊境大陸（South mark）》的海邊擁有相當大的地權。

也有些富裕的家族野心勃勃地和大型商會合作，拚命砸錢投資，認為只要隨著開拓與開發不斷推進，遲早可以把成本都賺回來。

然而也有像法拉卡小姐的家族這樣，勉強才籌措到資金，硬是把人送到南方。

對於後者這樣沒什麼資金或權力的家族來說，來到南方的目的並不是為了開拓利益——

「是那個嗎？為了維持地權。」

「就是那樣。」

而是因為擔心自己家族名義上應該有所有權的領土不知被哪個開拓者——搞不好還是有大貴族在背後撐腰的人物——給實質占領了。

就算他們再怎麼主張自己兩百年前擁有這塊土地的權利，要是實際上遭到占領，力量微弱的那些人根本無從奪回。不只如此，如果對手是大貴族勢力，搞不好連名義上的土地權利都會被權術操弄之下被奪走，導致自己僅有的貴族身分都可能不保。

這狀況讓人不禁會聯想到前世歷史中發生過的莊園紛爭。

而這個世界、這個時代的人就是當自己的家有了危險，就算多少感到勉強也是要硬來。

想辦法到處籌措資金或是尋找靠山，總之就是要召集人手送到南方——在《南邊境大陸(South mark)》的北部就有不少基於這樣的背景下開拓的不安定村落。

……順道講點題外話。

根據我以前對這方面的事情請教過埃賽爾殿下與巴格利神殿長所知，像法拉卡小姐這樣的地權者在《獸之森林(Beast Woods)》以南就幾乎沒有了。

畢竟到這麼深處的地區就多半在兩百年前大亂的影響下已經家族全滅，而且開拓難度實在太高，即使主張權利也幾乎得不到好處的樣子。

不管怎麼說，總之我大致理解狀況了。

這座卡梅拉・法拉卡小姐的村莊是《南邊境大陸（South mark）》還算常見類型的開拓村。

「……不過話說回來，會把女兒送到南方也很稀奇呢。」

「不，當年我哥哥也有跟我一起來喔。」

法拉卡小姐的表情頓時陰暗下來。

「…………」

這……

該不會是已經喪命之類的——？

就在我忍不住嚥了一下喉嚨的瞬間……

「可是他竟然說無法忍受這裡的生活，逃回北方去了。那個懦夫！」

「…………」

我一時講不出話來，梅尼爾則是「噗哈哈！」地爆笑起來。

◆

「怎麼會是做哥哥的逃掉讓妹妹留下來啦！展現一下毅力行不行啊老哥！」

「就是說啊！貴族就是應該率先做人民的榜樣，面對這種程度的逆境若不能笑著克服怎麼行！」

這位法拉卡小姐該怎麼說呢……

——真是一位厲害的女傑啊。

「雖然是自己哥哥，但我真懷疑他胯下到底有沒有長東西——」

「當然是有長啦，只是一點都派不上用場就是了。」

「噗哈哈哈！」

「哈哈哈哈，吁——！吁——……」

梅尼爾已經笑得喘不過氣，連眼淚都流出來了。

看來法拉卡小姐的豪邁發言完全戳到他笑點的樣子。

「講真的，妳是從首都……《淚滴之都（Ilias Tear）》來的對吧？妳在那裡過的到底是怎麼樣的生活啊！感覺一點都不像個貴族大人！」

「沒規矩的野丫頭，法拉卡家的長女根本心理有病！」

「然後妳就乾脆拿那當藉口為所欲為！」

「結果就是被送到南方來啦！」

「噗哈哈哈！」

「哈哈哈哈！」

這到底是什麼豪傑之間的對話啦？

如果是布拉德或許能夠順利融入其中，但我實在沒辦法馬上適應這樣的互動。

反正現在梅尼爾跟對方聊得很順利，或許我交給他應對就可以了啦。

「唔？你怎麼湯匙一點都沒動？快吃快吃！還是說這味道不合聖騎士大人的口嗎——？」

這時法拉卡小姐忽然看向我，瞥了一下我碗裡的粥。

我只是因為梅尼爾與法拉卡小姐之間的對話而一時傻住，還沒開動而已。

……法拉卡小姐用略帶觀察的視線看向我。

我知道，她應該是在試探我吧。

這點我可不能忽視。

「不——我只是還沒有獻上餐前的禱告，不好意思。」

「哦哦，畢竟是聖騎士大人嘛。」

「地母神瑪蒂爾以及善良的神明們，在祢們的慈愛之下，我們將享用這頓餐食。願眼前的食物能獲得祝福，化為我們身心的食糧——感謝眾神的聖寵。」

我交握雙手，獻上禱告——

「我要開動了！」

接著拿起湯匙把粥舀入嘴巴。

味道清淡的粥帶有的鐵鏽味以及野草的青澀味頓時在口中散開。

但我還是一口氣把粥吃完——

「感謝妳的款待！若不介意，請問可以再給我一碗嗎！」

然後「咚」一聲把碗放下。

梅尼爾大概是察覺出我的意圖，默默微笑對我點點頭。

「哦！……來，再給你一碗。」

「我開動了！」

吃下去。

放下碗。

再裝粥。

再吃。

再放下碗。

雖然感覺從肚子裡好像都飄散出鐵鏽味了，不過——

「吃得真夠爽快！」

法拉卡小姐對我咧嘴一笑。

「這麼難吃的飯你也能吃下三碗！總不會是喜歡上這味道了吧？」

「不，對於妳的款待我由衷感謝，但我一點都不覺得這個好吃。另外，我這個人

性情上並不擅於豪放磊落的對話。不過——」

我也是個戰士。

我自負繼承了《戰鬼(War Ogre)》布拉德的劍。

「要是被人以為我是個只能吃美味食物的沒種懦夫，那可是奇恥大辱！」

「哦！說得好！」

法拉卡小姐對我的發言立刻如此大叫回應，笑了出來。

「你這性情毫無疑問是個戰士！……對於因為聖騎士大人態度溫厚而懷疑了你膽量的事情，我卡梅拉致上由衷的歉意！」

還請你接受我象徵和解的交杯吧。她如此說著，遞出自己裝有麥酒的杯子。

於是我二話不說地拿起自己的杯子與她互敲後，將帶有鐵鏽味的麥酒一飲而盡。

——接著「噗哈」地吐出一口氣。

「真是能填飽肚子的一頓好餐！卡梅拉小姐，感謝妳的招待！」

「咕嚕……噗哈！我也感謝招待啦。真是熱鬧又愉快的一餐。」

梅尼爾也跟著把粥挖進嘴裡，用麥酒灌下肚子後如此說道。

「哈哈哈，這麼難吃的飯你們也能稱讚成這樣！看來我必須感謝掌管旅人的風神瓦爾為我帶來了好客人啊！」

卡梅拉小姐這麼笑著，分別與我和梅尼爾握手。

她的指甲縫中積有泥土，而且到處長繭，是耕田人的手。

◆

「《無敵的巨人》是嗎？確實是有啦。」

款待餐食結束之後，我們告知了來意，結果卡梅拉小姐便如此說道。

「首先，流經這一帶的那條河——我們是叫它作赤川——那水質就如你們所見，相當糟糕。也就是所謂的鐵鏽水，或叫褐水。

然後在西南邊山脈間的丘陵岩地，也確實有一塊來自別的水源的清淨水不斷冒出的湧水區。雖然那些水照現況是流出來很快就會與赤川會合，但只要巧妙引水，想必可以改善這座村落的狀況。至於有巨人把那塊湧水區附近一帶占為地盤，凡有入侵者就會排除的傳聞也是事實。」

卡梅拉小姐語氣爽快又簡單明瞭地向我們說明事實。

——首先，看來傳聞內容大半都是真的。

「然而，我並沒有要討伐那巨人的打算。」

可是接下來的內容就出乎我的預料了。

「雖然確實有幾名冒險者在功名心的驅使下前去挑戰過。但無論是我還是村裡的人，都沒有拜託過他們那種事情。」

「……可以請教妳理由嗎？」

「當然——聖騎士大人似乎討伐了山中的邪龍，那麼肯定也記得那彷彿會讓靈魂都凍結般的咆哮聲吧。還有你當時趕走的惡魔殘黨們。」

「是的。」

我點頭回應後，卡梅拉小姐又立刻接著說道：

「這座村落距離山脈非常近。陷入恐慌的魔獸以及惡魔的殘黨們都會蜂擁而至——那麼你們認為這村落為什麼**還沒滅亡**？」

「…………」

卡梅拉小姐想表達的意思，我在這時候已經聽出來了。

「我這麼講並不是想暗示聖騎士大人什麼，但這村子就算被毀滅也是理所當然的吧？畢竟在這樣的位置，這樣的條件。即便我會什麼武術，這村子也不可能安然無事。」

《黑鐵山脈(Iron Mountains)》的東北方不遠處——光是在這樣的場所居然還有村落倖存下來，就是很奇怪的一件事了。

這裡本來應該會遭受到這個世界中隨處可見的悲劇、慘劇才對。
當邪龍甦醒，魔獸陷入恐慌，惡魔殘黨四散的那個時候，這裡就應該要滅亡了。
這裡就是處於這樣的位置。
但現實中並沒有發生那樣的事情。而我想理由恐怕就是──
「因為那個《無敵的巨人》把那些東西視為進到自己地盤的入侵者，全都殺掉了。」

卡梅拉小姐說話的語氣中，並不帶有任何過度的感情。
事務性的講話方式聽起來只是在向我們陳述事實。
「巨人也不會對人類敞開心房，不會允許我們接近。雖然以前有試過交涉，但沒能成立。」
不過我感覺她的話語中彷彿帶有色彩。
淡淡的，溫暖的色彩。
「──不過那傢伙並不是我們的敵人。」
她的眼角微微下垂。
介於有和沒有之間的微笑。

「只要不侵犯領土就漠不關心，只要有什麼存在來擾亂安寧就會擊退敵人，然後又回到平常的生活。雖然不會給予我們什麼，但也不會奪取我們什麼。」

這樣的對象可以稱作是敵人嗎？卡梅拉小姐如此問道。

於是我左右搖頭。梅尼爾也是一樣。

這確實不叫敵人。

「法拉卡家在兩百年前也許確實是這塊土地的主人。據說當時是聯繫《黑鐵之國》與北方沿岸地區的客棧村落，發展得還算繁榮。但那是人類之間決定的事情……對那傢伙來說，那塊湧水區與岩地並不是什麼法拉卡家的領地，而是自己居住的家啊。」

卡梅拉小姐將雙手自然往左右張開。

「他雖然不是朋友，但也不是我們的敵人。如果真要講起來，是我們的鄰居。」

「——而侵入鄰居家中殺害性命，奪取東西，是強盜的行為。妳想這麼說對吧？」

「沒錯……雖然對方恐怕並沒有這麼想，搞不好還以為我們跟那些前去挑戰的冒險者們是一夥的。但至少我們把他視作是鄰居，沒有打算要當什麼強盜。」

對於梅尼爾說的話，卡梅拉小姐點點頭如此回應。

「好，我也覺得那是很好的判斷。真的——另外我問一下，妳剛才說這裡以前是客棧村莊？」

「嗯？是啊。」

「我們這次來這裡雖然一方面是因為《無敵巨人》的事情，但另一方面也是為了尋找從《黑鐵之國》聯繫北方的古代道路。」

「原來如此。那確實還留有石板路的遺跡。我可以告訴你們地方，但是——」

卡梅拉小姐稍微頓了一下。

「……那條路會經過那傢伙的地盤。」

「…………」

這下傷腦筋了。

◆

我的意識在模糊之中搖盪。

傷腦筋。

真是傷腦筋——

我們後來發生了什麼事？

哦哦，對了。

後來我們沿著路走。

出了一點差錯。

結果遭遇到巨人。

對方真的很無敵——

很強大——

很不留情——

感覺也不會輕易放我們逃走——

好痛。

身體、好痛。

啊啊，原來如此。

人類真的好渺小啊。

好唐突。

就算贏過不死神。

就算贏過龍。

只要犯了一點點的失敗，就是這種下場。

輕易就輸了。

沒有辦法、像那巨人一樣無敵。

啊啊。

可是明明應該無敵的那個巨人，為什麼——

◆

……

…………

——…………

我感覺做了很長的一段夢。

不知是什麼聲音在腦中迴盪。

「——爾……！」

用宛如心跳般的頻率一陣又一陣地響著，讓我覺得好吵。

即使睜開眼睛，視野也是一片紅色。

「…………爾……！」

就在我感到「奇怪？」的時候……

全身忽然感受到激烈無比的疼痛。

「～～～！」

痛到我連慘叫聲都發不出來。

只能讓淚水溢出眼角，不斷扭動掙扎。

手臂好痛腳好痛腹部好痛背部好痛全身都好痛，簡直就像被整把的鐵釘扎進體內亂攪一樣的感覺。

「威爾！威爾！你醒過來了嗎，威爾！」

就在這時，我聽到聲音。

是梅尼爾的聲音。

可是只能從左邊聽到。

——為什麼？

這麼說來，眼前鮮紅色的視野也感覺莫名狹小。

只有左邊可以看到……

「禱告！威爾，禱告——……禱告啊！」

「啊…………」

禱、告？

梅尼爾，我辦不到啊。

現在全身這麼痛，怎麼禱告——

「快點禱告！活下去！活下去啊喂，渾蛋！不要死在這種地方！」

我的身體被搖盪。

全身都好痛。

「威爾！……威爾！可惡！『汝等生命之靈精啊，儘管吸食我的血、我的肉吧』——呃、嗚……怎麼樣！」

身體稍微變得溫暖。

但很快又冷了。

「拜託……拜託你禱告啊，威爾！——可惡！可惡！神啊……！神明大人！」

好難受。

好痛。

淚水不斷奪眶而出。

「葛雷斯菲爾！葛雷斯菲爾！我……我是個雜碎！過去的我活得一點也不像樣，死了大概也沒辦法在祢面前抬頭挺胸！」

——可是……

可是不知道為什麼，我莫名好睏。

無比、想睡。

餘音尖銳迴盪的吵人聲音不斷響起。

「可是，我遇到這傢伙而得救了！稍微過得比較正經了！這傢伙一直都全心全力在付出！祢應該也知道吧！拜託祢明白啊！求求祢！我拜託祢了！」

周圍忽然變得非常安靜。

啊啊。

只要我現在把眼睛閉上，肯定會很輕鬆。

肯定能夠安然入眠。

肯定會、很舒服。

模模糊糊地。

我彷彿蒙上了一層霧的腦袋如此想著……

「拜託祢救救威爾！不要把我的摯友帶走！葛雷斯菲爾！燈火之神啊，求求祢——！」

我什麼也聽不見。

就像沉進泥沼之中。

把所有的一切都放下不管。

我……

閉上、眼睛——

【——醒來！】

宛如一道雷電般的聲音劈開了我腦中的濃霧。

【醒來！醒來！快醒來！】

那聲音實在不算美麗。

實在不算動聽。

因為那……

【為什麼要睡著！睜開眼睛——】

就像是平常不習慣大聲講話的女孩子用顫抖的聲音拚命大叫一樣。

在那樣斥責的聲音中——

【——我的騎士呀，快醒來！】

我清醒過來了。

唯有這個聲音，我絕不可以背叛。

既然對方叫我醒來，我無論如何都要醒來！

既然對方叫我別睡，我就要竭盡我的所能別睡！

我的靈魂在如此叫喊。

——力量霎時湧現。

彷彿一陣涼風從頭頂吹拂到腳尖。

全身一個個的細胞都在震盪。

我睜開被染成鮮紅的眼睛。

看到的是一片紅色的天空，以及梅尼爾紅色的面孔。

只是稍微扭動身體……

「啊……嗚……～～～！」

原本被睡意沖淡的劇痛又貫穿我全身。

好痛。

好痛好痛好痛。

尤其是右半邊的身體無比疼痛。

我這時總算注意到，我的右眼半毀了。

右邊的耳膜也破了。

右手的手肘以下感覺也很奇怪。

畢竟我是右半身整體被那根巨大棍棒橫掃擊中的。

骨頭和肌肉都被砸得粉碎，而且還從陡峭的岩石斜坡上摔落下來。

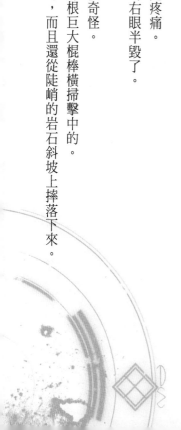

就算我身體有多少吸收了瓦拉希爾卡的因子而變得耐打，在這樣的狀況下居然活著還是教人驚訝。

隨著心臟每跳一下，全身就會感受到宛如被成束的釘子到處亂攪的劇痛。

只要稍微扭動身體，就像是被烙印灼燒一樣。

——不過，神明大人就在我身邊。

我有這樣的感覺。

僅是如此，我就能擺下一切，專心禱告了。

……無論再怎麼痛。

……無論再怎麼苦。

只要有祢在我的身邊。

「……——」

我願將自己的一切都奉獻給祢。

請告訴我祢的期望。

只要祢期望。

我就會照做。

不論是什麼內容。

只要還活著，我就……

◆

——回過神時，我發現自己在一片磷光飄舞的星空下。

可是全身都好痛。

我無法動彈，只能飄浮在星空中，抬頭仰望。

在黑暗天空的另一頭。

擴張的知覺遠方，有許許多多的世界、宇宙互相交錯。

有無數閃爍的靈魂在飛舞，穿越世界。

不顧一切，專注而拚命。

【…………】

——在倒下的我身旁。

不知不覺間，有個蓋著兜帽的人影輕輕坐到我頭邊。

是燈火之神大人。

祂將雙腳擺到一邊側坐，低頭俯視著我。

看起來就像美麗的人魚坐在波浪間的岩石上休息一樣。

【——你問我的期望是嗎？】

我這次似乎比以前更接近死亡的樣子，連聲音都發不出來。
只能在心中「是」地點點頭。
結果神明大人白皙小巧的手輕輕放到我臉頰上。
——冰冷而柔滑的手。
可是從被祂觸碰的臉頰處卻有一股溫暖的感覺向全身擴散。
……好一段時間，現場持續沉默。
讓人感到舒適的沉默。
【我的騎士呀。】
我在心中「是」地點點頭。
【我希望能握住孤獨的人、疲憊的人的手。】
是。
那麼請祢不用客氣，儘管用我的手。
【你的手，已經斷了。折斷的手無法做到那種事，因此『折斷的事實』及其疼痛

就由我來承擔。】

是。

一切如祢所願。

我這麼回答後，手臂的疼痛消失了。

【我希望與遭受不合理的境遇打擊的人一同前行。】

是。

那麼請祢不用客氣，儘管用我的腳。

【你的腳，已經碎了。粉碎的腳無法做到那種事，因此『粉碎的事實』及其疼痛

就由我來承擔。】

是。

一切如祢所願。

我這麼回答後，雙腳的疼痛消失了。

【我希望對心靈受到傷害的人投以溫柔的話語。】

是。

那麼請祢不用客氣，儘管用我的嘴。

【你的頭，已經裂了。裂開的頭無法做到那種事，因此『裂開的事實』及其疼痛

就由我來承擔。】

是。

一切如祢所願。

我這麼回答後，頭部的疼痛消失了。

【我……我希望對努力活著的人給予讚美、給予愛，只因為他努力活著。】

是。

那麼請祢不用客氣，使用我胸膛內的一切。

【你的身體，已經破了。破裂的身體無法做到那種事，因此『破裂的事實』及其疼痛就由我來承擔。】

是。

一切如祢所願。

我這麼回答後，身體的疼痛消失了。

【我的騎士呀。】

……是。

【我深愛著人。】

…………

【我一直都在這裡，愛著人，守望著人。】

…………

【因為我是神，既不會感到疲憊，也不會感到厭膩。】

…………

【可是——】

…………

【可是我，些許地——僅僅只是些許地。】

…………

【——也希望能夠被誰所愛。】

這句話聽起來教人無比悲傷。

彷彿是不自覺地脫口而出，輕輕顫抖的微弱聲音。

就在聽到那聲音的瞬間。

——從我心中深處有某種炙熱的情感湧了出來。

◆

「…………」

雖然疼痛已經消退，但我的身體依然像是被下了定身咒一樣，不聽使喚。

因此我勉強斥責激勵自己的身體，將湧上心頭的熱意化為力量，舉起發抖的手。

用顫動的喉嚨拚命發出聲音。

「……神明、大人。」

我握住輕輕放在我臉頰上那白皙的美麗小手。

……或許這是很不敬的行為。

這樣的想法雖然閃過我腦海，但我沒有停下動作。

我的一切都是屬於祂的。

如果祂對這行為感到不快，祂隨時都可以擺布我。

……無論祂對我做什麼，我都覺得沒有關係。

「祢已經、被人所愛了。」

我輕輕地。

在夢境與禱告的間縫裡，我對那白皙的指尖獻上一吻——

「葛雷斯菲爾……我、深愛著祢。」

如此告白。

神明大人低頭俯視著依然全身仰倒的我。

無比深邃的眼眸彷彿會把人吸入其中。

【————】

那一頭黑髮的美麗臉龐依舊面無表情——但看起來似乎稍微感到驚訝的樣子。

原來就算是神明大人也會感到驚訝啊。我不禁感到些許有趣。

……我試著回想，究竟是從什麼時候開始的。

肯定是打從一開始吧。

從最初見面的那時開始。

我在曖昧模糊中活著，在曖昧模糊中死去。

對當時在深深的後悔與自責中哭泣、呻吟的我，祂默默地在前方引導。

我好幾次雙腳發抖，癱坐下來無法前進的時候，祂總是會轉回頭靜靜等待。

——用祂的燈火為我照亮黑暗的道路。

那時候的我對祂什麼都不知道，也看不清祂的長相。

畢竟這段記憶已經是屬於前世，現在已經變得模糊。

如果不是到這場所來，根本連想都回想不起來。

但是從那時候開始，我就——

「我一直、深愛著祢。」

我愛著神明大人。

「…………我不求任何東西。」

不是希望對方回應我的心意。

也不認為可以得到什麼回報。

即使因為不敬冒犯而遭罰，我也不會辯解不會反抗。

「只是——」

……只是希望祂知道這份心意絕不虛假。

只是希望祂知道我深愛著祂，所以才說出來的。

「我愛著祢。請讓我、愛祢吧。」

【…………………】

神明大人默默低頭看著我。

從祂的臉上看不出任何感情。

接著一段沉默之後……

【——蠢貨。】

對方說出口的，是這樣一句話。

啊啊。我不禁在心中嘆息。

這是當然的。

不可能被允許的。

根本沒有被接受的可能性。

我究竟會遭受什麼懲罰？

……不論得到怎麼樣的下場，我絕對不會後悔。

就在我如此做好覺悟的時候……

【………………吾諒許汝之心意。】

對方接下來講出的這句話，讓我腦中一片空白。

「………………」

為什麼神明大人遣詞用字又回到了以前那樣古板的感覺？

我連思考這種疑問的餘力都沒有了。

【蠢貨……真的是個蠢貨。】

是，我無可辯解。

這對於期待看到曾孫的祖父也是一種不孝。

【我沒有肉身。】

我明白。

【連降下分靈的餘力都沒有。】

我明白。

【無論思念如何深切，你也只能在心中愛我而已。】

沒有關係，我已做好覺悟。

然而——

「過去那一天……祢曾要我與祢同行，直至我結束此生。」

光是這樣，就足夠了。

我依然倒著身體，無力地仰望神明大人。

仔細想想，還真是難看的告白情景。

「我深愛著祢。」

我不禁覺得自己真沒出息，並繼續仰望祂。

溫和的黑髮少女神則是低頭看著我——

【——這個、蠢貨。】

輕輕地露出微笑。

◆

接著當我醒來時，我發現自己趴在樹蔭下柔軟的草地上。
遠處可以聽到小鳥的鳴叫聲。
「……………啊。」
周圍的樹木彷彿在保護我一樣形成牆壁與屋頂，陽光透過枝葉縫隙柔和地灑下來。
我立刻知道，這是梅尼爾施展的妖精術。
——究竟發生了什麼事？
醒來前後的記憶相當模糊。
總之我決定先撐起身子——
「嗚……！咳咳……！」
結果喉嚨一陣刺痛，讓我咳嗽起來。
嘴巴好乾好渴。
「威爾……威爾，你沒事吧！終於清醒了嗎！」

「梅、尼爾……」

我看到他的臉，才總算回想起來。

……對了。

我被巨人的棍棒狠狠掃到了。

然後從陡峭的岩石斜坡上滾下來——

「聲音聽起來真糟啊。來，給你水！」

梅尼爾手中捧著用大型葉片彎成的容器，裡面裝了滿滿的水。

「這可不是那個紅色的鐵鏽水喔。儘管喝吧！」

他用一隻手撐住我的後頸，將樹葉容器中的水注入我口中。

是透徹柔順，帶有微微綠草香味的水。

我咕嚕咕嚕地一飲而盡。

因為喝得太快，甚至讓一些水從嘴角溢了出來。

「噗哈……」

我從來都不知道，光是水也可以這麼好喝。

「哈哈，你這大渾蛋，害人那麼擔心！」

梅尼爾就這樣順勢把手繞到我肩上，粗魯地亂撥我的頭髮。

他的眼眶看起來有點溼潤。

「梅尼爾……對不起，害你擔心了。」

「哈！我才沒有在擔心你啦！畢竟你的傷都治好了，可見禱告有發揮效果。所以我早就知道你不用多久便會睜開眼睛啦。」

「這樣啊。」

雖然我總覺得好像有看到梅尼爾非常著急失措的樣子，但我的記憶也有點曖昧模糊，就不要戳破他了吧。

「呃……這裡是？」

「是跟那塊岩地有些距離的山谷森林，在那傢伙的地盤範圍之外。我把被巨人打飛滾落的你找到之後就避難到這裡來了。」

「…………」

「照他那無敵的程度……應該是神代的巨人吧。跟邪龍一樣，不是人類可以隨便出手的對象。光是遭遇交戰之後還能撿回一條命就算是賺到啊。」

「嗯……真的好險，我差點就要死了——我們徹底輸啦。」

「是啊……說真的，虧你傷得那麼嚴重還能向神禱告。」

「因為我感覺——聽到神明大人在呼喚我，叫我醒來。」

「哦~你還真受寵愛。」

我聽到這句話的瞬間，記憶湧上腦海。

「……………………」

在那片磷光飄舞的星空下的記憶。

「…………………………」

「——嗯？威爾？」

「……………………………………」

「你怎啦？」

…………………………………………

「嗚……」

「嗚？」

「嗚哇啊啊啊啊啊啊啊啊啊啊啊啊啊啊啊啊啊啊啊啊啊啊啊啊！」

接連浮現腦海的記憶，讓我不禁摀住眼睛。

感覺臉都要噴出火來了。

我、我到底……

我到底是幹下了什麼事——！

「怎麼啦？發生什麼事了，說明一下啊！」

「我、我在夢中、跟燈火之神大人、交談……」

「哦，畢竟你是神官嘛，這種事情也不奇怪。然後神明大人給了你什麼深刻的啟示嗎——？」

我搖搖頭。

呃、該怎麼說……

「……我向神明大人、告白了、說我、深愛著祂。」

「…………」

「…………」

一片沉默籠罩現場。

「……哎、哎呀，畢竟燈火之神大人是個女神嘛。」

「你如果不知道該怎麼回話就跟我直說好嗎？」

「和、和神明相戀這種事情，在神代也有吧……？」

「是啊，很久很久以前的神代啦。」

「……呃、呃~回應呢？對方怎麼講？」

「……祂說我是『蠢貨』。」

梅尼爾默默露出溫和的眼神，拍拍我的肩膀。

拍得很輕、很柔。

「不但被神丟下愛的告白就閃，這次又是向神告白結果被甩。你啊，該怎麼說……講得委婉一點，還真是了不起啊。」

「我、我又沒有被甩……！」

「那回應不管怎麼聽都是拒絕吧！」

「可是神明大人說如果只是在心中思念祂，祂可以諒許啊！」

「果然就是被甩了嘛！」

「而且最後還露出很美麗的微笑，對我說『這個、蠢貨』這樣……」

「那除了被甩還會是什麼啦！」

咦？

怎麼聽他這樣講就連我都開始覺得自己是徹底被甩了！

「再說你啊，要告白也稍微選一下場合、製造一點氣氛吧……呃，雖然我不清楚女神大人會不會在意什麼氣氛啦，但總之……」

梅尼爾講的話句句刺痛我。

「因為在遭遇戰中重重吃了一記，在快要喪命的時候被救活，結果莫名覺得對方不錯，認為自己喜歡對方的瞬間就猴急告白什麼的，你是處男嗎？對了，你確實是處男啊。」

「…………」

「這樣當然會被甩啦。」

不、不不不……！

不是那樣……才、對。

那感覺、應該不是、在委婉拒絕我。

應該不是吧！嗯……？

如果那是委婉拒絕我的意思，那我根本就是個自我感覺良好的誤會男了啊。真想挖個洞跳進去。

「…………」

不過，就算假設真的是那樣。

就算我是真的被神明大人拒絕──

「──即使如此，我的心意還是不變。」

只要有了自覺其實就很單純。

看來我是從很久以前──從出生之前就愛上了神明大人。

在信仰神明大人、尊敬神明大人的同時，也愛著神明大人，愛到無可自拔的程度。

「除了燈火之神大人以外，我無法考慮其他的對象。」

我就去向古斯道歉我的不孝吧。

畢竟不管怎麼想他都見不到曾孫了。真的很對不起！

「我想我應該一輩子都是這樣，所以會一直為神明大人效力下去。即使得不到回報也沒關係。」

告白也是。不要像這次這樣感覺是衝動之下脫口而出。

而是要很正式地當面向神明大人再表達一次。

總有一天，一定要做到。

「嗯——總覺得有了自覺之後就舒坦多了。」

「這、這樣啊……」

「拜託你不要用那種同情的眼神看我啊。」

「不，可是——……愛上的英雄卻獨鍾自己的妹妹，你覺得不死神會有什麼表情嘛……」

「啊……」

我頓時不寒而慄。

背部的寒毛全都豎起來了。

超恐怖的。我完全無法想像斯塔古內特會做出什麼反應。

「……你加油吧。還有，遇到爭風吃醋的時候不要把我拖進去喔。」

「梅、梅尼爾！別講那麼冷淡的話，看在摯友的份上幫幫我吧……！」

「那已經超出我能力範圍了啦白痴！」

◆

言歸正傳，在那樣一段對話之後。

我從暫時性的混亂與高昂感中平靜下來——

「然後呢？關於那個《無敵巨人》要怎麼辦？雖然我們這次是偶然遭遇，因為對方出手才開打的……不過那真的太誇張了。」

我們將話題帶到了這件事情上。

「完全搞不清楚對手是何方神聖，再加上超狠毒的攻擊無效化。雖然說就算這樣也不是完全想不出殺死對方的手法啦……」

「嗯，如果只是要殺掉對方，我也多少可以想出兩、三個手法……」

雖然也要看對手無敵的性質而定，但只要事先做好準備，還是有方法可以對付。

例如說讓梅尼爾在準備周全的狀況下使役妖精，構築出一個無底沼澤把對手誘導到其中，利用對方的體重使他下沉窒息。這樣就算攻擊無效也照樣會死。

假設對方是無敵到連這種狀況下都不會死，我們也能直接讓沼澤凝固，將對方活埋封印等等。除此之外也有其他幾種類似的手法。

不過……

「說到底，住在當地的卡梅拉村長還有村民們都沒有期望這點，而是把對方視為鄰居保持尊重。既然如此——」

「照道理講，放著對方不要出手才是最好的做法吧。」

「是啊，那樣比較妥當。雖然被打得這麼慘卻沒有還以顏色讓人很不爽，但也沒必要故意跟這種對手廝殺啊。」

這下等於是從《黑鐵山脈》(Iron Mountains)到《白帆之都》(White Sails)的道路不能用了，不過就想成是這次確認了這條路本來就已經不能用的事實吧。

反正另外還有從《白帆之都》(White Sails)到《燈火河港》(Torch Port)，然後到《死者之街》再經由《花之國》(Lhoth dhol)的迂迴路徑。雖然這樣運送銅幣等等的會很麻煩，但畢竟水路有很多條，應該也不是辦不到。

就結論來說，這條路徑沒辦法利用。

所以就以迂迴路徑為前提推動計畫。

理性思考起來，這是最好的做法了。可是——

「抱歉，梅尼爾。我想講個任性話。」

「…………」

梅尼爾頓時嘆了一口氣。

「好啦好啦，我多少已經猜到會這樣了。什麼任性話？」

「……………那個巨人，我沒辦法放著不管。」

在我被棍棒打飛的前後。

模糊的記憶中，唯獨這點我記得很清楚。

——我記得那個巨人**看起來很寂寞**。

有種孤獨的感覺。

有種疲憊的感覺。

所以我想為他做些什麼。

聽到我這麼說之後——

「……他可是差點把你殺掉的對手喔？你當時半邊的身體都被打爛，幾乎要變成屍體了喔？」

「嗯。」

「想要在不殺死對方的前提下做些什麼，是更棘手的事情喔？」

「嗯。」

「…………即使知道這樣你還是要做的理由是？」

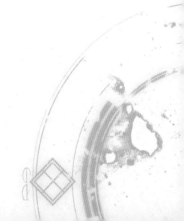

「我發誓過，要對不幸的人伸出援手。」

「…………」

「而且神明大人說，祂希望能握住孤獨的人的手。」

「…………」

梅尼爾用手壓著額頭，稍微沉默一下。

「是因為愛嗎？」

「嗯。」

「是想要在心儀的對象面前耍帥的那種心態嗎！」

「嗯。」

當然也是出自善意和信仰。

但毫無疑問地，這種想法同時也是理由的一部分吧。

我──就是想要在神明大人面前表現得帥氣一點。

「我想耍帥！超想的！我想跟祂說我超愛祂的！」

「你有了自覺之後就整個開放起來啦喂！」

梅尼爾如此大叫後，又再度用手壓著額頭仰望天空。

接著低下頭，又抬頭，發出呻吟──

「該死！該死！可惡，該怎麼說……受不了！……你這傢伙，真的教人沒轍啊！」

「……！梅尼爾！」

我現在的表情應該燦爛得任誰都看得出來吧。

「如果你是毫無計畫我就不管你囉。但反正你肯定已經想到對策了，說來聽聽吧！」

「那當然！」

我很有精神地點點頭。

然後深吸一口氣——

「——**『約頓的剛古啊，威廉來了』**！」

用**巨人語**如此大叫。

◆

「關於那個，偶知道。素從前滴岩石……呃~『應該就是《古代巨巖》吉特爾森大人吧』。」

一矢中的。

……畢竟是自古以來居住在同個區域的同族，所以我想說對方應該會知道些什麼情報，而試著把他叫來。

經由《妖精小路》出現在我們面前的，是高約三公尺，身穿魔獸皮革的巨人。

我與以前在瓦拉希爾卡的騷動中認識的森林巨人（Forest giant）剛古先生簡單問好並介紹了梅尼爾之後，他便回答了我的問題並點點頭。

然而他用西方共通語似乎不太好講話的樣子，途中停頓了好幾次。

「唔……偶用咱們滴語言可以嗎？」

「『沒關係。我努力。聽懂。』……請告訴我們關於那位巨人的事情。」

在山谷草地上，我們三人坐下。

我與梅尼爾抬頭望著描述那位《無敵巨人》的剛古先生。

「『不好意思了……那個巨人名叫吉特爾森。生於接近神明的時代，是岩石的化身。』」

確實，那位巨人的肌膚就像岩石一樣，而且全身長滿青苔。

「……『沒想到，他居然還活著。實在可憐。』」

「可憐？」

「呃～……威爾？我可聽不懂巨人語喔。」

「啊。」

剛古先生大概是從我們的互動中察覺出什麼……

「嗯……■■■　■■■■■■？」

於是他看向梅尼爾，說出了我聽不懂的語言。

聽起來很流利，發音有點像是精靈語。

「哦哦！■■■■　■■■……■■？」

「嗯。」

梅尼爾也流暢回應，看來他們之間的溝通似乎成立了。

「是古老的靈精語言嗎？」

「沒錯。」

畢竟音韻上很像是梅尼爾平常呼喚妖精時使用的話語所以我問了一下，果不其然。

這兩人都能和妖精溝通，有互通的語言啊。

梅尼爾和剛古先生接著又流暢地交談兩、三句後——忽然露出複雜的表情互相搖頭。

「不過，這方法果然還是不行。這語言不適合拿來與人對話啊。」

「什麼意思？」

「幽世的靈精和妖精使用的語言，在時態上很模糊。」

「現在和以前——呃～『現在、過去與未來，預測、進行與完結等等也很難區別』。」

「嗚、嗚哇……」

原來妖精們平常都是用那樣的語言在對話嗎？

人家常說要成為妖精師必須擁有獨特的世界觀，比起理論更要重視審美觀與直覺，或是具有容易受到不屬於這個世界的存在所愛的美感。這下我多少理解其中的原因了。

「所以用這個語言也沒辦法順利交談，頂多只能在意思不通的時候拿來補充吧。」

「也就是說……」

「『嗯。』」

穿雜三種語言、無比拐彎抹角的對話就這麼開始了。

◆

根據剛古先生的描述——

那位《無敵巨人》的名字叫吉特爾森。

雖然沒有人知道他究竟生於何時，不過據說從相當古早、接近神話的時代就存在了。

然後——以當時的巨人來說，他似乎算是較小較弱的類型。

「……真的假的？」

「偶、不說謊。偶爺爺、偶奶奶——『我的祖父祖母，甚至從更早以前的祖先就是那樣說了。』」

「…………」

呃、那個、該怎麼說。

畢竟如果完全是神代的巨人，那就跟真正的古龍(elder dragon)是同等級的存在。

那位《古代巨巖》《無敵巨人》吉特爾森雖然恐怖，但是跟瓦拉希爾卡比起來確實是溫和多了。即使對人類來講這兩者都是如天災一樣的存在，不過還是有像大規模土石流跟火山爆發之間的等級差異。

「『吉特爾森大人既不強大，性情又乖僻，對粗暴的古代巨人們來說是討人厭的對象。但對於矮小的存在而言，又是力量嚇人的威脅。』」

「…………」

「『他是古老的岩石巨人。因為與世上所有岩石出自同源，故具備了教人害怕的特性。』」

「什麼特性？」

剛古先生頓了一下後……

「『《不變》的性質——吉特爾森大人不會受到比自己矮小的存在，或是不具形體的存在所傷害。』」

梅尼爾不發一語地眨眨眼睛。

我臉上大概也是同樣的表情吧。

「…………」

我們互望一眼後，進行確認似地詢問剛古先生：

「……也就是說比自己還小的對象做出的攻擊全都無效的意思嗎？明明他是比大部分的生靈都還巨大的古代巨人的說？」

「而且像火、水或雷等等形狀不定的東西全都會被彈開……的意思嗎？」

怎麼會有這麼恐怖的存在。我不禁這麼想。

但剛古先生接著態度沉重地搖搖頭。

「不是、那麼溫和而已……『根據傳承描述，就連平等而殘酷的《時間》以及可怕的《飢餓》與《乾渴》，都無法傷害那個巨人。』」

「那幾乎就是完全不老了嘛！」

簡直太誇張了。

正當我這麼想的時候……

「可素——『吉特爾森過得幸福嗎？』」

剛古先生這句發言讓我和梅尼爾頓時有種被冷水澆醒的感覺。

「『受到同族排擠，又受到矮小存在畏懼。吉特爾森大半的歲月都在孤獨中度過。雖然偶爾會有與他親近的神、靈精或人類出現，但那些存在都隨著時間流逝而從他身邊消失——他性情會變得乖僻也是難免的。』」

「…………」

「『吉特爾森不會改變。吉特爾森無法改變。吉特爾森只能不斷流浪徘徊……就好像巨大的岩石化為小石粒，化為細沙一樣，當他有一天徹底被磨耗殆盡時，想必便會回歸其根源的《古代巨巖》吧。

就像《暴風巨人》(Storm giant)溶入風中消失般，《熔岩巨人》(Lava giant)在地底擁抱中沉眠般，《雷雲巨人》(Cloud giant)化為一道閃電與仇敵同歸於盡般，這就是巨人的宿命。

……古代巨巖的化身，不變而無敵的巨人。在名為時間的大河中能夠如他行走得這般長久的存在，即便在諸神之中也很稀有。』」

剛古先生停頓了一下。

「『要說起來，咱們也是同罪……當我還小的時候，吉特爾森歷經長久的流浪來到了這塊土地。而咱們的部族選擇的是畏懼他、遠離他，因為這就是前代族長的決定。』」

擁有「不變」這項可怕性質的巨人。

即使不清楚個性，但如果交手必定會落敗。

那麼負責率領一族的族長會判斷不要主動接近也是很合理的。

「『古老、偉大——而可悲的巨人，吉特爾森。那個人現在究竟在想什麼，我也不知道。』」

「…………」

好一段時間，我們都沉默不語。

然而同時——我心中產生了一個疑惑。

看看梅尼爾，他似乎也跟我想到一樣的事情。

「『關於那傢伙的來歷我們知道了……但是他為了什麼要守護那地方？』」

「『因為古老的約定。』」

「……約定？」

「『過去在這塊土地曾有一座村莊。據說他與當時的村長交好，結下了某項約定。』」

「…………」

「『我想你們應該也知道，在兩百輪冬季之前，一群惡魔蹂躪了這片土地的一切──村莊因此毀滅，全部盡失。吉特爾森依然遵守著約定。遵守著如今已無人知曉的約定。即使一切都已化為廢墟之後，他也始終不變。』」

實在可悲。剛古先生如此反覆後，嘆了一口氣。

「『威廉大人……屠龍的勇者啊。』」

「是。」

「『我實在對吉特爾森感到無比悲傷。身為同族，我很希望那人可以得到救贖……雖然我一直以來什麼也沒做過，但這份想法絕非虛假。』」

「…………」

「『如果可以……還請你務必拯救吉特爾森吧。』」

我靜靜點頭。

「──我願向燈火立誓。」

「我的祖先和《無敵的巨人》有結下約定？」

卡梅拉小姐睜大眼睛如此大叫。

◆

在山谷與剛古先生道別後，我們暫時先回到了赤川流經的那座卡梅拉小姐的村落。目的是為了尋找關於那失傳約定的線索。

村民們還不知道我們與那位巨人交手並落敗的事情。

對於詢問我們「探路結果如何」的卡梅拉小姐，我們問了一下關於吉特爾森的事情，就得到剛才這樣的反應。

當然，我完全感覺不出她在撒謊。

「我才疑惑說像那樣的存在為什麼會想一直待在這麼偏僻的地方。原來如此，是我的祖先……」

「我們在路上巧遇認識的巨人，而聽說了這樣一件事。請問關於這點，妳知道些什麼嗎──」

「哪有什麼知不知道。要是我知道些什麼，早就有做出什麼行動啦。就是因為什麼都不曉得，才會一直保持靜觀嘛。」

「……確實。」

這樣講起來實在太有道理了。

「說到底……咱們法拉卡家曾有一度幾乎滅門啊。在兩百年前的大亂中，為了守護領地保護人民，法拉卡家不分男女老幼大半都犧牲了。只是不曉得是三男還是四男從小就形同人質一樣被寄養在北方，才繼承了家族的名字與權利而已。當時因此情報斷絕，就算你們現在問我我也答不上來啦。而且也沒什麼文件資料留下來。」

卡梅拉小姐講的話依舊是簡潔易懂。

「喂喂喂，這不是一下子就碰壁了嗎……？」

梅尼爾不禁仰天嘆息。

……如果這是什麼故事或電腦遊戲，只要按順序收集情報，找出真相，應該就能得到什麼足以說服無敵巨人的材料了。

應該會萬事安排得很巧妙，每個環節就像拼圖一樣互相扣合吧。

然而現實的世界就是如此。

——所謂的情報其實很輕易就會失傳。

不一定隨時都剛好有什麼傳言或筆記留下來。

光是要把什麼事情傳承兩、三個世代就已經很困難。

更何況經過了兩百年如果還有什麼事情傳承下來，本來就等同於是奇蹟了。

……雖然要說我完全沒有抱期待是騙人的，但這也是沒辦法的事情。

「不要緊，還沒有碰壁。我還有方法。」

「還有方法？……身為同族的剛古不知道，身為村長後代的卡梅拉也不曉得，還能怎麼辦啦？」

「嗯，可是還有個人會知道不是嗎？」

「啥？」

梅尼爾一時疑惑歪頭——然後「啊」地睜大眼睛。

「你、你該不會——！」

就是那樣。

「我們去問吉特爾森先生吧。」

既然誰都不曉得，那就只能抱著可能遭遇什麼粗暴事的覺悟，去詢問本人啦。

「聖騎士大人啊，我雖然也聽聞過關於你的英勇事蹟……但這次對手可是那個《無敵巨人》喔？過去已經有好幾名冒險者落敗過了。」

「啊，請順便把我們也加入那份名單吧。剛才我們就有碰到那巨人，吃過很大的苦頭。」

「——啥？」

對於一臉驚訝的卡梅拉小姐，梅尼爾點點頭。

「這傢伙明明被對方狠狠揍飛，差點就喪命了，現在居然還想再去見對方啊……很白痴對吧？」

「……哈哈。」

卡梅拉小姐聽到梅尼爾這句話而乾笑一下後，陷入一段沉默。

接著——

「至今見識過那個巨人有多無敵的傢伙，大家毫無例外全都逃回去了。會想要再去見一次面的，你是第一個。」

她說著，笑了出來。

「哈哈哈！《世界盡頭的聖騎士》，你要不是貨真價實的戰士——就是貨真價實的蠢蛋啊！」

如果靠對話就能解決問題當然最好，但要是對方又出手揍人，你有勝算嗎？卡梅拉小姐一副很愉快地如此問我，而我則是點點頭回應。

對方是岩石巨人，不會受到比自己矮小的存在，或是不具形體的存在所傷害。

不過——

「萬一真的演變成戰鬥，我也有想好對策。」

「這樣啊……那麼可以拜託你嗎？」

「好的。」

我決定嘗試與那位巨人對話。

◆

就這樣，我與梅尼爾踏著古老的石板道路，再度回到那個丘陵岩地。

脫離古道，走上長有稀鬆灌木與雜草、石頭散落的斜坡。

——我們身上已經施加了大量的身體強化魔法與祝禱術。

前次的遭遇戰時我們雖然沒能施展這些術法，不過這次我們的目的就是要去見巨人，事態發展為戰鬥的可能性非常高。因此沒道理不事先做好這些準備。

斜坡逐漸變得陡峭。

微微可以聽到流水聲。

完全爬上斜坡後，便能看到湧出清澈水流的長苔岩石，以及彷彿與景色融為一體的存在靜靜坐在那裡。

對方將視線望過來。

站起巨大的身體。

——如果在陽光不充足的場所有一座山丘忽然在眼前站起來俯視自己，大概就是這樣的感覺吧。

有如岩壁的肌膚上長有茂密到讓人會以為是毛皮的青苔。

臉部有個巨大隆起的鼻子，青苔縫隙間可以看到發亮的眼睛。

粗壯的手臂使人聯想到年歲久遠的大樹。

結實的腿部就像巨岩一樣。

「…………你還、活著啊。」

巨人咬牙切齒。

聲音聽起來有如上百個石臼互相摩擦。

「這個可恨、貪婪的、龍的眷屬。」

……原來他是因為這樣才想把我殺死啊。

明明其他來挑戰的冒險者們最後似乎都成功逃回去了，這位巨人唯獨對我們莫名凶狠，原來就是基於這樣的理由。

《無敵的巨人》握起棍棒，擺出彷彿表示「這次休想活著回去」的架式。

而面對那樣的他——

「《古代巨巖》吉特爾森啊！」

我張開雙手，大聲呼喚。

聽到我的聲音後——大概是對我叫出他名字的事情感到驚訝的緣故，原本作勢要衝過來的巨人忽然又停下動作。

在濃密的青苔深處，炯炯有神的雙眼頓時睜大。

——恐懼感頓時湧上我心頭。

腦中又回想起被棍棒橫掃擊中時的劇痛。

然而——

「我名叫威廉・G・瑪利布拉德！既不是邪龍的眷屬，也沒有意思與你為敵！」

我一步也沒退下，抬頭仰望巨人的眼睛。

「我這次是代理河下村落的村長——法拉卡大人前來拜訪你的！」

「…………法拉卡。」

「你應該記得這個名字吧！」

聽到我這麼詢問，巨人頓時陷入沉默。

看來有反應了。

於是我趁勢向他說明狀況。

自己並不是邪龍的眷屬，只是在討伐邪龍的時候受到了對方的詛咒。

河川下游村落的村長確實是法拉卡家的繼承人，然而以前結下的約定已經失傳。

過去前來挑戰的冒險者們，並不是下游的村落派遣來的人。

「因此若有可能，當代的法拉卡大人希望能夠再度履行約定——」

「……你說的話，我懂了。」

可行。

這下不需要出手戰鬥就能解決各種問題了！

正當我這麼認為的時候……

「……………」

巨人卻對我緩緩搖頭。

「但是、我不相信。」

「為什麼！」

「你說……你殺了、那個可怕的、龍？不可相信。我怎麼也、無法相信那種事。

應該是龍的陰謀吧？」

「…………」

我忍不住全身僵硬了好幾秒。

同時在心中「瓦、瓦、瓦拉希爾卡啊啊啊——！」地大聲怒罵。

一直保持旁觀的梅尼爾似乎也在我身後「這無從反駁啊……」地仰天嘆息。

如果一個人類身上帶有那隻龍的氣味，要說他不可信任也確實有說服力。

要是今天有個身上散發出瓦拉希爾卡氣息的存在對我表現得很友善，向我提出什麼對我有利的事情，我想我同樣也會提高警戒吧。

「你或許、在人類之中、很強……但是，對神、對龍、對巨人，都遠遠不及。」

「…………並不是只有力量可以決定世上的一切吧？」

雖然這是我不太想要使用的論點，不過……

「如果我能擊破你的無敵，你是否就能相信我殺掉了龍？」

「…………」

吉特爾森沉默一會——

「好。如果、人類真的、能辦到那種事。」

接著對我如此點點頭。

看來他對於自己的無敵相當有自信的樣子。

「…………但如果辦不到、我就殺了你。」

他說著，雙眼向我瞪來。

沉重的壓迫感教人感到恐怖。

我深呼吸一口——再次挑戰《無敵巨人》。

這對手果然非比尋常。

「哦哦哦哦哦哦哦哦哦哦啊啊啊啊啊啊啊啊——！」

隨著宛如地底震盪般的嘶啞吼聲朝我揮來的巨大棍棒，依舊像是暴風一樣。

而我鑽過攻擊的同時——

「梅尼爾！照計畫行動！」

「好！」

與梅尼爾簡短交談後，準備衝進巨人面前——

「《破壞顯現(vastare)》」

「——嗚哇！」

但緊接而來有如鐵鎚揮下般的波壞渦流卻讓我不得不跳開閃避。

然後——

「《破壞顯現(vastare)》」

教人害怕地……

「《破壞顯現(vastare)》」

吉特爾森……
「《破壞顯現》」
居然使出了「連續施展《話語》」這樣恐怖的行動。
……只靠武器的戰鬥對他而言根本是還沒拿出真本事。
在這個充滿神祕的世界中，自古活下來的存在真的是強得太沒道理了。
嚇人的大量破壞渦流散落四周，隨著爆炸塵土飛揚。
雖然其中有幾發明顯失敗而擊中吉特爾森本人，但基於他的無敵性質，吉特爾森看起來不痛不癢。
這就是親近《原初的話語》的古代巨人，又同時具備無敵性質的存在才能辦到的事情。就跟我成人那天交手過的不死神《分靈》樣。這個巨人根本不用害怕魔法造成自爆！
——這下我不得不承認，我在不自覺中有抱著「只要破解對方無敵的原理就能戰勝對手」這樣天真的想法。
即便對方不是完全的神代巨人，也是幾近於神明或龍的存在。
論實力，應該要判斷對手較強才對。
……如果陷入長期戰鬥，我和梅尼爾毫無疑問都會喪命。
如此糾正自己的想法後，我重新做好覺悟等待反擊的機會。

面對在飛揚的塵土之中持續大叫凶狠《話語》的《無敵巨人》，我抓準時機——

「——《沉默吧（tacere）》，《嘴巴（os）》！」

同樣叫出《話語》。

要對付能夠亂來的古老存在，我能做的事情——就是遵循基礎，巧妙使用小型的魔法。

就在巨人的嘴巴被強制閉上的同時，我躲在塵土飛煙中衝到對手腳邊。

這類巨型的存在雖然因為巨大而又快又強大，但也難免巨大的身體遮住自己的視野。

就像人類如果遇到有小貓小狗在腳邊亂竄，想要抓住也很費工夫吧。

「嗚、咕……！」

這距離要使用棍棒也太近了。

再加上我施展的《沉默話語》效果未退，他也沒辦法馬上發出《話語》。

面對很快切換為踩踏攻擊的巨人，我抓準他把腳抬起的時機——

「《綑綁（ligatur）》，《繩索（laqueus）》——……《追蹤（sequitur）》！」

放出《神祕繩索(mystic rope)》的魔法。

雖然我平常不太使用這個魔法，但很幸運地還是朝我瞄準的目標飛去。

幾乎沿著巨人背脊往上延伸的繩索，最後纏住他的脖子。

「嘎……！」

——成功了。

既不是刺、不是砍也不是打，只是纏繞而已的話，那個停止現象就不會發生。

我接著抱住那條魔法繩索……

「嘶！」

短短吸一口氣——使出渾身力量往下拉扯。

如果原本為了踩扁在腳邊亂竄的對手而抬起一隻腳，卻被繩索綁住脖子往斜後方用力拉扯。

結果會如何？

巨人因此徹底失去平衡——

「『土妖精(Gnome)啊土妖精(Gnome)，絆倒他的腳』！」

這時再追加一筆梅尼爾的《跌倒(slip)》咒語。

地面出現波盪，搖晃巨人的腳。

「嘎啊！」

伴隨嚇人的地震巨響，吉特爾森倒了下來。

我為了不要遭到波及而趕緊調整自己所站的位置，不過並沒有因此漏聽從他口中確實發出的痛苦呻吟。

「——你的無敵，**被我破解了！**」

在上次的戰鬥中，吉特爾森同樣只有在被梅尼爾的火焰擊中臉部，嚇得往後摔倒的時候**有發出呻吟**。

因此我推測出一個可能性，果不其然就是如此。

《無敵的巨人》吉特爾森不會受到比自己矮小的存在，或是不具形體的存在所傷害。

這是對付起來很棘手的特性。

首先我們根本就無法準備比吉特爾森更巨大的武器。

——然而，有個具有形體的東西絕對會比吉特爾森巨大。

那就是**地面**。

如果是巨人和大地比較，毫無疑問是大地比較巨大啊。

「你的無敵特性，只要透過摔向或推倒向地面的手法就能破解了。」

請問這樣可以了嗎？我對倒下的吉特爾森如此詢問。

「原來如此……怪不得、你能、殺掉龍。」

倒在地上的《無敵巨人》看起來似乎露出了淺淺的微笑。

◆

「……那並不是、什麼、複雜的約定。」

不久後。

《古代巨巖》《無敵的巨人》吉特爾森緩緩說明起來。

「我來到這裡時，法拉卡的村子、才剛建立。法拉卡、是個有趣的男人。我、保護水源。法拉卡、給我酒。我們、結下這樣的約定。」

他的聲音很獨特，就像是從深邃的洞窟中吹出來的風。

「我說、人類很快就會死。法拉卡說、就算他死了、孩子、孫子、還會代替他送酒來。」

我和梅尼爾都靜靜傾聽著巨人的話。

「法拉卡說、你雖然是永恆，但人類也是永恆……法拉卡死後，他的孩子、送酒過來。所以我想說、也許他說得沒錯。」

長滿青苔的巨人接著靜靜沉下眼皮。

「我知道、那並不是真實。可是我、希望是那樣。」

最後的結局，我們都知道。

兩百年前，村莊被毀滅，法拉卡一族幾乎滅族了。

人類無法成為永恆。

即使世代交替傳承下來，終究也只是虛擬性的永恆。

教人悲哀地，人類遠遠不及真正的永恆。

「……那酒很難喝。」

《無敵的巨人》如此呢喃。

「技術拙劣、味道難喝……不過、一點一點、慢慢變得好喝。」

那模樣看起來……

就像是把深藏在心中的某種寶貝小心翼翼地拿出來一樣。

「今年的酒如何、今年的酒如何……我變得有點、開始期待、每一年到來。」

《古代巨巖》吉特爾森如此描述。

「已經好長一段時間、我都沒有喝到酒。都沒有人、再送酒、過來。」

「…………」

「法拉卡……我現在、也依然在等酒來啊。」

他的視線遙望的，是如今已不在世上的某個人物。

◆

——我扛著一桶的麥酒，又爬上了那條道路。

身旁還有卡梅拉小姐與梅尼爾。

我們脫離古道，走上長有稀鬆灌木與雜草、石頭散落的斜坡。

斜坡逐漸變得陡峭。

微微可以聽到流水聲。

完全爬上斜坡後，便能看到湧出清澈水流的長苔岩石，以及彷彿與景色融為一體的存在靜靜坐在那裡。

對方將視線望過來。

站起巨大的身體。

——如果在陽光不充足的場所有一座山丘忽然在眼前站起來俯視自己，大概就是這樣的感覺吧。

有如岩壁的肌膚上長有茂密到讓人會以為是毛皮的青苔。

臉部有個巨大聾起的鼻子，青苔縫隙間可以看到發亮的眼睛。

粗壯的手臂使人聯想到年歲久遠的大樹。

結實的腿部就像巨岩一樣。

「……親愛的鄰人，《古代巨巖》吉特爾森大人！」

「…………」

卡梅拉小姐面對一語不發的巨人也毫不畏縮，開口呼喚。

「法拉卡拿酒來了——請你務必收下。」

放下酒桶打開蓋子後，卡梅拉小姐拿著角杯舀了一杯酒。

《無敵的巨人》也伸出他巨大的手，把酒桶整個拿了起來。

酒桶在他手中簡直就像什麼杯子一樣。

「味道很難喝喔？」

「……我知道。」

吉特爾森舉起酒桶，喝了一口麥酒。

卡梅拉小姐也回敬似地喝下一口。

那是用充滿鐵鏽臭味的水釀出來的麥酒。

宛如許多石臼在研磨似的聲響傳來。

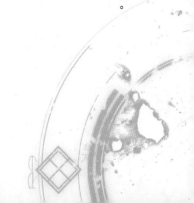

是吉特爾森在咬牙的聲音。

「難喝。好難喝的酒。」

「…………」

「眼淚都要流出來了。」

卡梅拉小姐也「是啊」地點點頭。

「是水的問題。用的水不好。」

「我也那麼認為。」

「那為什麼、不用、這裡的水，蠢貨。」

「可以嗎？」

「從很久以前、就是那樣。沒有什麼、可以不可以。」

那兩人一邊喝酒，一邊交談。

我和梅尼爾則是在一旁靜靜守望著那樣的情景。

◆

——接下來這些完全是關於日後的題外話。

法拉卡的村子後來成為了聯繫《黑鐵山脈（Iron Mountains）》與《白帆之都（White Sails）》的客棧村莊，再度繁榮起來。

用湧水釀造的麥酒也成了當地的名產。

每當產季到來，《燈火河港》（Torch Port）也會收到兩桶他們送來的酒。

5：聖騎士與信的故事

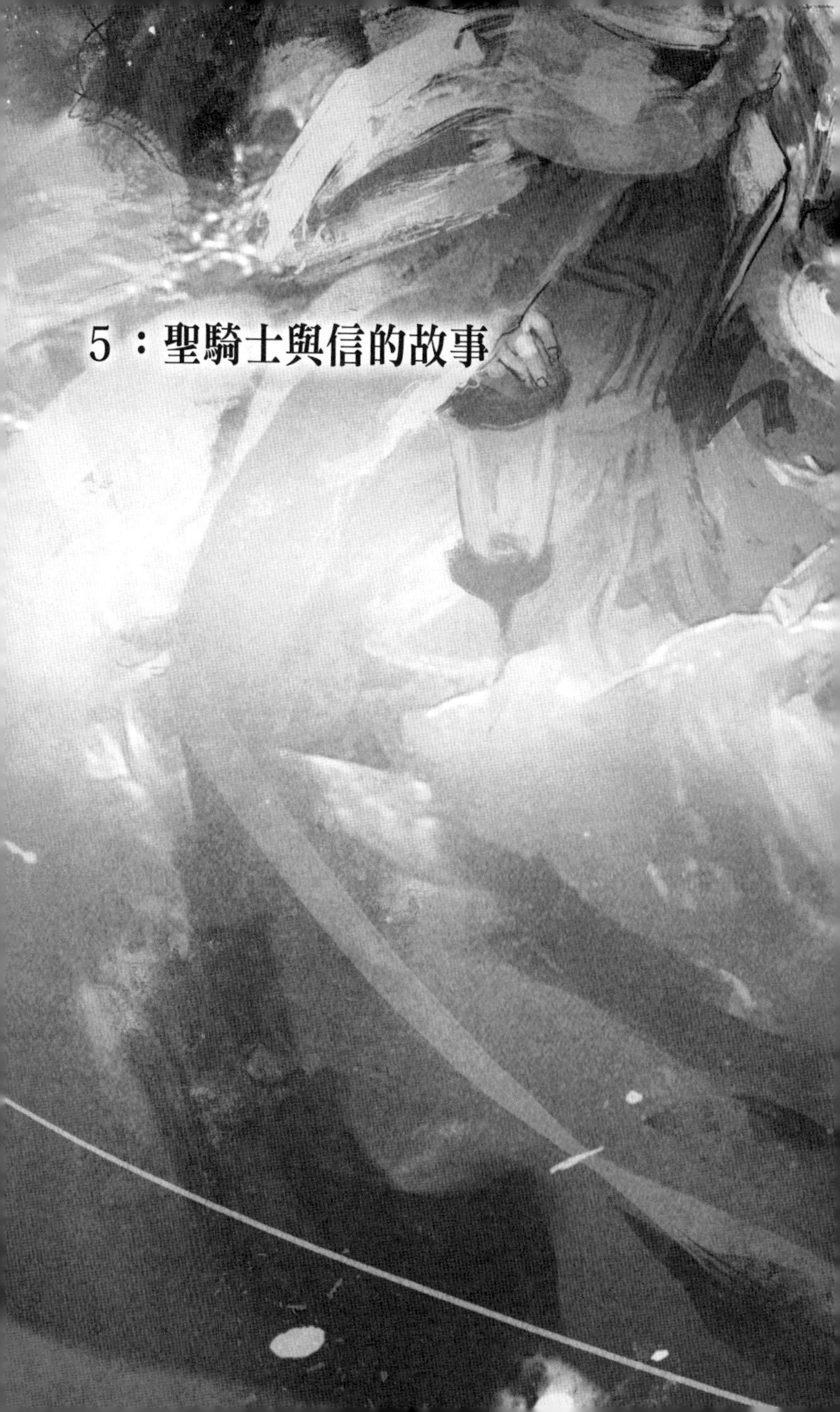

「好啦。我差不多要去睡了……」

我們聊了好一段時間的回憶之後……

削完好幾根箭桿的梅尼爾說著「畢竟明天也要早起啊」並開始收拾道具。

「嗯，晚安。」

「你也別太熬夜啦。」

梅尼爾把指尖輕輕一揮，從燈籠的魔法燈光中就飄出了一個小小的光球。

是寄宿於火焰、陽光或魔法光明等等各種光源之中的光的妖精。

梅尼爾帶著微微照亮四周的妖精，用優雅到不讓地板發出任何聲響的腳步離開房間，走到昏暗的走廊。

……他現在的身分就像是這棟領主館的客人，住在其中一間房間。

畢竟他剛才在準備弓箭，明天或許是要一個人出去狩獵吧。

春季是從冬眠中醒來的野獸們四處徘徊的季節。

《迅敏之翼(Swift Wings)》梅尼爾多如今在武勳詩中也是個出名的獵人，有不少人也會慕名前來向他尋求協助。

「…………」

獨自留在房間的我，接著又回到撰寫公文的工作上。

雖然在夜晚的寂靜中從事作業可以很有效率，但使用墨水瓶與羽毛筆書寫的筆記實在是很麻煩的玩意。

鉛筆和鋼筆之類的東西還真是偉大的發明啊。我不禁想著這樣的事情，並謄寫今天分內的公文。

「好——結束。」

放下羽毛筆後，我伸展一下筋骨。

因為一直在埋頭書寫的緣故，身體感到有點僵硬。

就在我輕輕轉動手腕或肩膀等等部位，舒緩身體時——不經意看到放在桌邊的一疊紙張，頓時停下動作。

——是《燈火河港(Torch Port)》製作出來的第一批紙張。

要拿來做什麼用好呢？

「……嗯～」

要當成信紙的話質地有點差。

要當成隨身筆記又有點太厚。

就用繩子之類的串起來，當成什麼日記或備忘錄大概比較合適吧。

尤其是與瓦拉希爾卡的那場戰鬥之後，有過許多零零散散的事情。

相遇過的人們。

發生過的事件。

見過的東西，聽過的事情。

為了讓自己將來不要遺忘了這些記憶。

為了有一天……與重視的對象們重逢時，可以把這些事情詳細傳達給對方。

「…………啊，對了。」

思考到這邊，我忽然想到一個點子。

這麼簡單的想法，為什麼到現在都沒想到過呢？我不禁微微露出苦笑。

對，真是個好點子。

就這麼辦吧。

……既然這樣，開頭要怎麼寫才好？

起頭的第一句話，果然很讓人傷腦筋。

不過——

『敬啟者　布拉德、瑪利，你們過得好嗎？』

雖然老套，但我覺得**書信**的開頭果然還是這樣寫比較好。

接著，我便開始流暢地滑動筆尖。

寫到自己過得很好。

寫到離開死者之街沿河北上的地區，現在是一片稱為《獸之森林(Beast Woods)》的危險森林。

寫到自己與惡魔交手，聽了描述那三人的武勳詩，在北方的《白帆之都(White Sails)》與飛龍(Wyvern)戰鬥過的事情。

寫到自己認識了許許多多的人，後來被大家稱為《世界盡頭的聖騎士》。

寫到遺跡被重新開發，建成了一座城鎮。

寫到自己又見到了不死神，還有古斯現在依然過得很好。

寫到在《花之國(Lhoth dhol)》與《黑鐵之國》的冒險。

寫到與可怕的神代邪龍——瓦拉希爾卡戰鬥的事情。

寫到自己在驚險之中勉強獲勝。

寫到自己結識了能夠一同歡笑的朋友們。

寫到現在的日子過得很充實，很幸福。

寫到自己愛上了一位美妙的女性，並且向對方告白了。

「…………」

——還有寫到自己沒能當面向他們報告這些事情，果然還是教人感到悲傷。

原本流暢書寫的文字漸漸變得有點凌亂。

……吶，布拉德。

你若是聽到我立下的英勇事蹟，會不會稱讚我「做得好！」呢？

會不會摸我的頭，說什麼「就讓我測試看看你究竟變得多強了吧。」然後搖曳眼窩中的鬼火，再陪我一起鍛鍊呢？

……瑪利。瑪利。

我如果跟妳說「我交到朋友了！」，妳會不會「唉呦」地對我露出微笑呢？

會不會抱住我，說「雖然對方或許會被我們的模樣嚇到，不過有機會的話還是招待對方到家裡來玩吧。」然後溫柔地摸我的頭呢？

我相信你們兩人肯定會這麼做。

然而——那樣的未來終究只是甜美的幻想。如今無論怎麼努力，都不可能會實現了。我不禁有種胸口好緊的感覺。

好寂寞。

好難過。

在希望這種傷痛能快點痊癒的同時，也有另一個自己覺得即使傷痛不癒也沒關係，關於兩人那怕是一點小事我也不想遺忘。

這份傷痛，這份思念。

是不是終有一天也會淡化，成為回憶呢？

「…………」

在溫暖的春季夜晚。

我靜靜撰寫著給已故父母的信。

——有小事，有大事。

有的內容在武勳詩中也有被描述，有的內容瑣碎到世間的人不會知道。

然而，不論哪一件事都是無可取代的東西。

……這些全部、全部，都是我想要挺著胸膛告訴他們的回憶。

〈世界盡頭的聖騎士Ⅳ　燈火之港的群像　完〉

後記

致閱讀本書的各位讀者。
很高興能夠再次相見，我是柳野かなた。
多虧大家的支持與鼓勵，第四集也得以順利出版了。實在感激不盡。
畢竟篇幅有限，我沒有辦法講得太多，不過本集的內容與網路版走的方向不太一樣，加入了各種新的小插曲。
希望各位讀起來能夠感到有趣。
緊接著，在此有個消息要向各位報告。
——『世界盡頭的聖騎士』拍板決定要改編成漫畫版了！
刊登媒體是OVERLAP的線上漫畫雜誌『COMIC GARDO』。
負責繪製漫畫版的，是畫過『灰與幻想的格林姆迦爾』以及『正確的卡多』漫畫版的奧橋睦老師！
漫畫的草稿我已經拜讀過，用纖細的筆觸描繪出來的布拉德、瑪利與古斯將威爾健健康康地養育長大的情節讓人莫名有種懷念的感覺呢。

希望各位讀著們能夠跟著小說版一起享受這部漫畫版作品。

最後是謝辭。

致為本書提供漂亮插圖的輪くすさが老師，當我看到封面插畫的時候都不禁停住了呼吸。這次也非常感謝您提供如此美麗的插圖。能夠請您描繪威爾他們，我深感幸福。

負責漫畫版的奧橋老師，今後還請您多多指教。

提供過各種協助的朋友們，每次都謝謝你們了。

負責本作品的編輯大人，以及OVERLAP編輯部的各位同仁，參與本書印刷、宣傳、運送與販賣等事務的所有人員。

還有此刻閱讀本書的您，謹讓筆者致上由衷的感謝。

——那麼，希望下次能再相見。

二〇一七年八月　柳野かなた

浮文字

世界盡頭的聖騎士 IV 燈火之港的群像

（原名：最果てのパラディン IV 灯火の港の群像）

著　者／柳野かなた　封面插畫／輪くすさが　譯　者／陳梵帆
榮譽發行人／黃鎮隆　總經理／陳君平　協　理／洪琇菁
執行編輯／楊國治　國際版權／黃令歡、梁名儀
美術編輯／李政儀　企劃宣傳／楊玉如、洪國瑋

出　版／城邦文化事業股份有限公司　尖端出版
台北市中山區民生東路二段一四一號十樓
電話：（〇二）二五〇〇－七六〇〇
傳真：（〇二）二五〇〇－二六八三
E-mail：7novels@mail2.spp.com.tw

發　行／英屬蓋曼群島商家庭傳媒股份有限公司城邦分公司　尖端出版
台北市中山區民生東路二段一四一號十樓
電話：（〇二）二五〇〇－七六〇〇（代表號）
傳真：（〇二）二五〇〇－一九七九

中彰投以北經銷／楨彥有限公司（含宜花東）
電話：（〇二）八九一九－三三六九
傳真：（〇二）八九一四－五五二四

雲嘉經銷／智豐圖書有限公司　嘉義公司
電話：（〇五）二三三－三八五二
傳真：（〇五）二三三－三八六三
客服專線：〇八〇〇－〇二八－〇二八

南部經銷／智豐圖書有限公司　高雄公司
電話：（〇七）三七三－〇〇七九
傳真：（〇七）三七三－〇〇八七

一代匯集／香港九龍旺角塘尾道六十四號龍駒企業大廈十樓B&D室
電話：（八五二）二七八三－八一〇二
傳真：（八五二）二五八二－一五二九
E-mail：hkcite@biznetvigator.com

新馬經銷／城邦（馬新）出版集團Cite（M）Sdn. Bhd.
E-mail：cite@cite.com.my

法律顧問／王子文律師　元禾法律事務所
台北市羅斯福路三段三十七號十五樓

二〇一八年八月一版一刷
二〇二一年十月一版二刷

■中文版■

郵購注意事項：
1.填妥劃撥單資料：帳號：50003021戶名：英屬蓋曼群島商家庭傳媒(股)公司城邦分公司。2.通信欄內註明訂購書名與冊數。3.劃撥金額低於500元，請加附掛號郵資50元。如劃撥日起 10～14日，仍未收到書時，請洽劃撥組。劃撥專線TEL：(03)312-4212 ・ FAX：(03)322-4621。E-mail：marketing@spp.com.tw

國家圖書館出版品預行編目資料

世界盡頭的聖騎士. IV, 燈火之港的群像 / 柳野かなた作 ; 陳梵帆譯. -- 1版. --［臺北市］: 尖端出版 : 家庭傳媒城邦分公司發行, 2018.08
面 ; 公分
譯自 : 最果てのパラディン. IV, 灯火の港の群像
ISBN 978-957-10-8216-5(平裝)

861.57　　107008291